69년 전에 이미 지불하셨습니다

69년 전에
이미 지불하셨습니다

글·사진 라미 현

어느 사진작가의

참전용사

기록 프로젝트

마음의숲

Project-Soldier, 한국전쟁 참전용사를 찾아서

한국전쟁 참전용사를 찾아야겠다고 마음먹은 건 한 가지 의문에서 시작됐습니다.

2016년, Project-Soldier 중 첫 번째 기획인 〈대한민국 육군 군복〉 전시회를 개최했습니다. 그리고 이 전시회를 방문해 사진을 감상하던 한 외국인과 우연히 마주쳤습니다. 그는 어릴 적부터 미디어에서만 보았던 유엔군 참전용사였습니다. 그에게 다가가 용기를 내 인사를 건네며 한국전쟁 참전용사가 맞냐고 물어봤습니다. 그러자 그는 제 눈을 바라보면서 답했습니다.

"Yes. I am a Korean War Veteran, US Marine."
(그래. 난 한국전쟁 미 해병대 참전용사야.)

그 순간 그의 눈에선 광채가 번뜩였습니다. 한국전쟁 참전용사라는 자부심이 가득한 눈빛이었습니다. 37살, 수년간 사진작가로 활동해오면서 그런 눈빛을 가진 사람과 마주한 것은 처음이었습니다. 그의 눈빛에 매료된 저는 처음으로 참전용사의 모습을 카메라에 담았습니다.

스튜디오에 돌아와 사진을 확인해봤습니다. 사진 속 그의 눈에는 강렬한 메시지가 담겨 있었습니다. 그때 이 프로젝트를 시작하게 된 의문 한 가지가 머릿속에 떠올랐습니다.

'저분은 자기 나라를 위해서 싸운 것도 아닌데, 어떻게 저런 눈빛과 자부심을 가지게 되었을까?'

호기심은 쉽사리 사그라지지 않았습니다. 대한민국 군인 수천 명의 모습을 담아낼 때와는 또 다른 이끌림이었습니다. 그 눈빛을 사진으로 더 담고 싶었고, 그들을 만나서 직접 물어보고 싶었습니다.

마침내 저는 한국을 찾아온 13개국 참전용사들을 촬영할 기회를 맞이하게 되었습니다. 전날 밤 기대감에 설레어 잠을 잘 수조차 없었던 기억이 생생합니다. 참전용사들을 스튜디오에

세우고, 카메라 뷰파인더로 그들의 눈빛을 보며 저는 바로 느낄 수 있었습니다. 전시회 때 만난 참전용사 선생님과 같은 강렬한 눈빛, 자부심이 그들에게도 똑같이 묻어난다는 것을 말입니다.

사진은 피사체의 표면, 겉모습뿐만 아니라 그 피사체가 품고 있는 내면까지 포착해낸다고 합니다. 그렇게 사진은 기록이 되고 예술의 영역에 다다릅니다.

2010년 미국 샌프란시스코에서 사진 학위를 받은 뒤에도 늘 어떤 사진을 찍고, 어떤 사진을 남길지에 대해 생각했습니다. 학교에서 저를 가르쳤던 데이비드 와서먼 선생님은 이런 이야기를 들려줬습니다.

"사진은 돈을 버는 수단이 되기도 한다. 그러나 진정한 사진은 현 시대를 기록해 다음 세대에 전달해주는 중요한 매개체로 작용하는 것이다."

저는 선생님의 말씀을 떠올리며 한국전쟁 참전용사의 모습을 기록하는 메신저가 되어 그들의 존재를 알리고 다음 세대에 메시지를 남기고자 긴 여정을 시작했습니다. 용사들에게 들은 생생한 전쟁 이야기는 교과서로 배운 한국전쟁과는 전혀 달랐습니다. 더 생생하고 살아 있었습니다. 그들의 이야기는 한 편의 영화였습니다. 이 책을 통해 그 이야기를 전달하고자 합니다.

사진은 찍는 순간도 중요하지만 액자 안에 담겨야 비로소 의미가 완성된다고 생각합니다. 하지만 액자 작업까지 사비로 해내기엔 큰 부담이 됐습니다. 고민 끝에 개인 SNS 계정에 한국전쟁 참전용사분들의 액자 제작을 후원해줄 분을 모집한다는 글을 남겼습니다. 스스로 좋아서 하는 프로젝트인데 행여 구걸하는 것처럼 보일까 걱정이 되더군요. 도움을 주는 분들에게도 실례가 될 듯해 글을 내리려고 한 순간, 메시지 알림이 울렸습니다.

"후원하고 싶습니다."
"액자 값 보내드리려고 합니다. 얼마를 보내면 될까요?"

15명 정도 되는 분들이 금세 동참해온 것이었습니다. 이상했습니다. 지난 몇 년 동안 대한민국을 지키는 군인들의 사진 촬영에 필요한 비용을 공모했을 땐 싸늘했던 네티즌들이 전혀 알지 못하는 한국전쟁 참전용사에게 선뜻 후원하는 것이 너무 신기하면서도 고마웠습니다.

2017년부터 시작된 Project-Soldier를 통해 저는 지금까지 약 1,500여 명의 참전용사를 사진으로 기록했습니다. 마지막이라고 생각될 때마다, 포기하고 싶은 순간마다 도와준 많은 분이 계셨습니다.

특히 2019년부터 Project-Soldier와 함께해준 Hedy Lee 디렉터의 도움으로, 사진에 머물렀던 작업이 영상과 디자인으로 확대되면서 더 많은 사람들에게 참전용사들의 기록을 알릴 수 있었습니다. 덕분에 이 프로젝트를 멈추지 않고 지금까지 해올 수 있었습니다. 앞으로 22개의 한국전쟁 참전 및 지원국을 모두 방문하며 마지막 한국전쟁 참전용사가 살아 계신 한 힘닿는 대로 고마움을 전하고자 합니다.

참전용사분들은 이렇게 말합니다.

"그동안 많은 예우를 받았지만, 이렇게 사진으로 기록될 수 있어 기쁩니다. 사진 속 눈동자에 비치는 이 자부심은 비로소 내가, 우리 모두가 영웅임을 느끼게 해줍니다."

그들의 자부심은 감사한 마음이 담긴 제 사진에서, 우리 모두의 인정에서 비롯된 것이었습니다.
저는 그들을 웃게 하고, 그들의 자부심을 지켜주려고 합니다.
저는 그들이 오래도록 기억될 수 있기를 바랍니다.

2021년 6월

라미 현

◇ 차 례 ◇

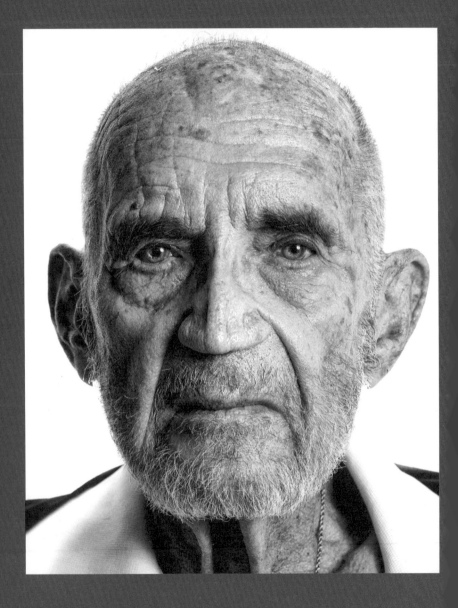

윌리엄 빌 베버

William Bill Weber

값은 이미 지불하셨습니다

2017년부터 한국전쟁 참전용사를 찾아 미국에 갈 때마다 신생님의 이름을 들을 수 있었다. 실제로도 인터넷에 이름을 검색하면 그의 이야기를 많이 찾을 수 있다. 미국의 수도 워싱턴 DC에 가면 한국전쟁 참전용사 기념공원이 있는데, 이곳에 있는 19개의 동상 중 판초 우의를 입고 소총을 든 동상이 바로 윌리엄 선생님을 본떠 만든 것이다.

선생님과는 이메일을 통해 처음 연락을 주고받았다. 90세 나이임에도 언제나 답장이 빨랐다. 댁에서 촬영하기로 약속을 정하고 출발했다. 선생님 댁은 워싱턴 DC에서 차로 1시간 반 거리인 메릴랜드에 있었다.

주 도로에서 벗어나 아름다운 언덕과 집들이 가득한 시골길로 접어들었다. 집으로 들어가는 게이트에 '개 조심'이라 적혀 있었다. 혹시나 해서 전화를 했더니, 걱정하지 말고 들어오라고 했다.

크게 인사하며 문을 열고 들어가는 순간, 난 그대로 얼어버렸

다. 집채만 한 개가 현관문으로 들어오는 날 쳐다보고 있었던 것이다. 내가 살짝 겁먹은 눈치를 보이니 선생님이 "바이퍼, 들어가 있어!" 소리쳤고, 개는 주방으로 사라졌다.

이후 눈에 들어온 것은 안경 쓴 채 웃는 선생님의 얼굴이었다. 처음 보는 나를 반갑게 맞아주셨다.

"어서 와. 우리 집 찾는 데 힘들지는 않았어?"

그는 전투에서 오른팔을 잃었고, 후송 중에 포탄을 맞아서 같은 날 오른쪽 다리마저 잃었다. 미국은 전쟁 중임에도 그를 살리기 위해 원주에서 서울로, 서울에서 부산으로, 부산에서 일본으로, 다시 일본에서 미국 샌프란시스코로 옮기고 또 옮겼다.

그는 한쪽 팔과 다리가 사라지는 큰 부상을 입었어도, 하나도 아프지 않았다고 했다. 미군 최고위층에서 그를 결단코 살리라는 명령을 내리면서 그가 아픔을 느끼지 못하도록 계속 모르핀을 주사했다고.

고통은 없지만, 부상이 컸기에 장시간 비행에 몸이 흔들리지 않도록 침대를 공중에 띄워서 좌우, 앞뒤, 위아래를 밧줄로 고정해 이동시켰다. 불편한 것은 딱 하나, 너무나 완벽하게 공중에 떠 있어서 가끔씩 비행기 천장에 코가 닿았다.

그렇게 다들 그를 살리기 위해서 노력하고 있을 때, 그의 머릿속에는 딱 하나의 생각만이 가득했다.

'언제쯤 다시 전투에 참전할 수 있을까!'

그는 맥아더 장군으로부터 직접 명령을 하달받았는데, 일본으로 이동해 비행장 및 항구를 무장해제하고 곳곳에 잡혀 있는 조선인 노예들을 해방하라는 임무였다. 그래서 그의 부대는 일본의 군수기지를 돌면서 강제로 끌려온 조선인 노예들을 찾았고 약 7백여 명 정도를 조선으로 돌려보냈다.

그러나 한 가지 문제가 있었다. 조선에서 강제로 끌려온 조선 사람들은 고국으로 돌려보내면 되었지만, 끌려온 조선인과 일본 하류층 사이에 태어난 아이들은 조선인도 일본인도 아닌 취급을 받았던 것이다. 그들은 조선말도 못할 뿐더러 일본인들에게는 학대를 당했다. 돌려보낼 고향도 없는 그들을 위해 맥아더 장군은 명령을 내렸다. 안전한 일본 남쪽으로 그들을 이주시켜서 일본에 자리 잡고 살 수 있게 한 것이었다.

당시 중위였던 그가 조선에 관심을 보인 것은 그때부터였다.

To Colonel Bill Weber
Congratulations and best wishes,
Ronald Reagan

바이퍼가 타이밍에 맞춰 카메라를 잘 봐줘서 아주 마음에 드는 사진이 나왔다.

그는 여태껏 들어보지 못한 나라인 조선과 그곳에 살고 있는 조선인들을 이해하기 위해 역사부터 공부했다.

선생님은 나에게 고조선을 아느냐고 물었다. 그러면서 주몽이 활 쏘던 시절부터 삼국시대, 고려를 거쳐 조선까지 이야기를 풀어내는데, 한국 사람인 나보다 우리 역사를 더 잘 알고 있었다. 그는 우리나라가 반도이기 때문에 언제나 강대국에 둘러싸여 당하고 버티면서 발전해왔는데, 그런 민족을 자신의 도움으로 지켜냈다는 사실이 자랑스럽다고 말했다. 또 한쪽 팔, 한쪽 다리가 없는 것보다 한반도가 분단되어 있는 것이 더 가슴 아프다고 했다. 난 그저 선생님의 희생에 가슴이 아프다고, 대한민국을 지킬 수 있게 도와주셔서 고맙다고 할 뿐이었다.

당시 전황과 전투에서 느꼈던 아픔을 듣고 싶다고 했더니 씩 웃으면서 "나 오른팔이 없어지던 순간 하나도 아프지 않았어"라고 했다. 어떻게 그럴 수가 있냐고 물었더니, 오줌도 누는 도중에 얼어버리는 강추위였기 때문에 팔이 절단됐을 때 절단면이 바로 얼어버렸고, 그 바람에 혈액의 손실이 거의 없었다고 했다. 그런 상태로 무려 14시간을 버텼고, 수십 시간이 지나서야 미국 땅을 밟을 수 있었던 것이다.

그는 현역 복무 의지를 강하게 밝혀서, 미국 남북전쟁 이후로 이중 수족을 차고 현역으로 복무한 첫 군인이 되었다. 베트남전에도 참전하기를 강하게 희망했으나, 한국전쟁의 영웅이 베트남에서 희생되는 것을 원치 않는다는 이유로 군이 반대했다. 그가 계속 고집하자 나중에는 '우리는 반쪽짜리 지휘관을 원하지 않는다'는 심한 말까지 들어 결국 뜻을 굽혀야 했다.

첫 만남은 그렇게 3시간 정도의 수다와 촬영으로 마무리되었다. 다시 만날 때는 촬영한 액자를 가지고 오겠다는 약속과 함께……

선생님을 다시 만난 것은 2019년 6월이었다. 지난번에 사모님이 아프셔서 대화를 나누지 못했었다. 사모님이 꽃을 좋아하시는 듯해서 선물하기 위해 튤립을 색깔별로 샀다. 역시 너무 좋아하셨다. 선생님에게는 사진 액자를 선물해드렸다.

"Oh, my god!"

그토록 기다렸던 사진을 직접 보니 너무 기쁘다고 했다. 사진이 너무나 마음에 들고, 이렇게 좋은 액자를 선물해줘서 정말 고맙다고, 내가 뭘 해주면 되냐고 물었다. 많은 참전용사분들이 어떻게 사례하면 되냐고 물을 때마다 내가 하는 대답이 있다.

"선생님께서는 69년 전에 이미 다 지불하셨습니다. 저는 다만 그 빚을 조금 갚는 것뿐입니다."

그런데 나의 말을 들은 선생님의 표정이 안 좋아졌다. 보통은 나를 꼭 안아주거나 고맙다고 말씀하시는데, 정확히 선생님은 이렇게 이야기했다.

"You have so wrong idea." (그건 잘못된 생각이야.)

선생님은 딱 잘라서 말했다.

"너희가 빚진 것은 하나도 없다. 그렇게 생각하면 안 되는 거야! 자유를 가진 사람들에게는 의무가 있어. 바로 자유가 없거나, 자유를 잃게 생긴 사람들에게 그 자유를 전하고 지켜주는 거야. 우리가 한국전쟁에 참전한 것도 이 의무를 지키기 위함이지. 다만 너희도 자유를 얻었으니 의무가 생긴 거야. 북쪽에 있는 너희 동포들에게 자유를 전달하는 것. 그 의무를 다했으면 한다."

순간 머리가 멍해졌다. 그의 전쟁과 자유에 대한 생각은 나에게 거대한 충격으로 다가왔다. 전쟁 중에 오른쪽 팔과 다리를 잃었어도, 그건 자유의 의무를 다하기 위한 그의 사명이자 실천의 증거였다. 참전용사로만 보였던 그가 더 위대한 존재로 느껴졌다. 그 순간 사모님이 오셔서 씩 웃으며 이야기했다.

"난 그런 그가 마음에 들어서 결혼한 거야. 어떤 상황에서도 그의 눈빛과 가슴에 가득 차 있는 자신감 때문에 그와 함께했지."

나는 황급히 카메라를 들었다.

"잠시만 그대로 계실래요? 이 모습을 사진으로 담고 싶어요."

찰칵.

살바토레 스칼라토
Salvatore Scarlato

잊히거나 이용당하거나

그는 눈을 감았다. 그리고 한 손으로 목을 어루만졌다.

전투가 일어나기 며칠 전, 정찰조에 선발되어 적의 위치를 파악하기 위해 진지 밖으로 나갔지. 그러다가 어느 순간 사방에서 포탄이 떨어지기 시작했어. 다행히 근처에 엄폐할 공간이 있어서 폭격이 멈출 때까지 기다렸어. 어느 순간 조용해져서 다시 정찰 임무를 하기 위해 그곳에서 나왔는데, 어디선가 아기 울음소리가 들렸지. 부대원들과 조심스레 소리가 들리는 쪽으로 가보니 초가집이 나오더라고……. 문을 열고 들어가 보니, 포탄이 집안에 떨어졌는지 부모로 보이는 사람들은 죽어 있고, 5살쯤 되어 보이는 어린 남자아이가 여자아이 품에서 울고 있었어. 그 뒤로 남자아이의 잘려나간 손이 보였고……

난 그 남자아이를 안고, 잘린 손목을 왼쪽 가슴 호주머니에 넣어 부대로 뛰어갔어. 고통과 공포에 휩싸인 그 어린아이의 손이 내 목

을 잡고 놓지 않았어……. 간신히 숨을 쉬는 아이를 데리고 단숨에 달려갔어. 군의관에게 그 아이를 넘겨주고 밖으로 나오는데 내 목에 아직 그 아이의 힘이 남아 있었지. 성인 남자만큼 강했던…….

순간 왼쪽 주머니에 있던 아이의 손이 생각나서 급히 뛰어가 군의관에서 전달했지만 그 손을 받지 않더라고. 다만 고개를 좌우로 저었어……. 벌써 68년이나 됐는데 아직도 그 아이가 내 목을 잡았던 느낌이 생생해. 내가 좀 더 빨리 뛰었더라면 그 아이가 살 수 있지 않았을까 생각해…….

그래서 난 평생 일주일에 두세 번씩 병원에 가야 했지. 전쟁 후 돌아와서도 그때의 순간이 계속 현실처럼 느껴져서……. 아내와도 3년 동안 같은 침대에서 잘 수 없었어.

스칼라토 선생님과는 벌써 다섯 번째 만남이었는데, 그의 입에서 전투에 대한 이야기가 나온 것은 처음이었다. 그의 눈을 바라보면 68년 전 전장의 한복판이 생생히 펼쳐졌다.

그의 이름 앞에 붙는 수식어들은 많다. 그러나 나에게 선생님은 언제나 '첫 번째 한국전쟁 참전용사'이다.

그를 처음 본 것은 2016년, 미국이 아니라 한국 일산 킨텍스에서였다. 그 당시 나는 대한민국 방위산업전에서 육군 군복 사진을 전시하고 있었는데, 마침 그가 초청되었던 것이다. 전시된 사진을 하나하나 보며, 씩 웃고 돌아가는 선생님을 따라가 말을 걸었다.

"Are you Korean War Veteran?"
(한국전쟁 참전용사이십니까?)

"Yes. I am a Korean War Veteran, US Marine."
(그래. 난 한국전쟁 미 해병대 참전용사야.)

당시 나는 대한민국 군인들을 찍어주고 있었는데, 그의 사진도 한 장 찍을 수 있을까 싶어 부탁드렸고, 선생님은 흔쾌히 응해주었다. TV나 신문을 통해서가 아닌, 직접 외국인 한국전쟁 참전용사를 만나고 사진으로 기록했던 첫 번째 경험이었다.

그렇게 짧게 사진을 찍고 나서 한 가지 의문이 들었다. 왜 저분은 자기 나라 전쟁도 아닌 한국전쟁에 참전했다는 것에 자부심을 가지고 계실까? "I am a Korean War Veteran"이라고 말할 때 그의 눈에서는 광채가 났다. 사실 나는 그런 눈빛을 처음

보았다.

선생님을 다시 만난 것은 2018년 뉴욕 롱아일랜드에 위치한 선생님 댁에서였다. 그때 찍었던 사진을 액자로 제작해서 전달해드리기 위해 미리 연락하고 찾아갔다. 다시 만나보니 여전히 강한 눈빛과 인상을 느낄 수 있었다. 그러나 어딘가 차가웠다. 사진을 보시더니 한국에 갔을 때 사진을 찍은 것이 기억난다고 했다. 지금은 배가 나와서 사진 속 정장의 단추가 잠기지 않는다고도 했다. 그러더니 갑자기 선생님은 냉소적으로 나에게 물었다.

"그래서 이거 어쩌라고. 이거 팔러 온 건가? 얼마면 사겠냐고?"

당황했다. 선생님의 입에서 그런 말이 나올 것이라고는 상상하지 못했다. 무언가 잘못 알고 계신 것 같아서 Project-Soldier에 대해서 처음부터 설명드렸다. 그동안 영국, 미국 등지를 다니며 선생님과 같은 참전용사분들을 사진으로 촬영한 다음 이렇게 사진 액자로 전달했다고. 모든 비용은 순수 자비로 부담하며, 한국전쟁 참전용사를 기록하고 싶어서 하는 일이라고…… 그렇게 몇 년간의 작업을 1시간 정도 설명하고 나니 선생님이 이런 이야기를 꺼냈다.

몇 년 전에 미 동부 쪽에서 어느 비디오그래퍼가 한국전쟁 참전용사 인터뷰를 다녔는데, 자신은 참여하지 않았지만 동료들은 꽤 참여했다고 했다. 한 70~80여 명으로 기억하는데, 그 비디오그래퍼가 DVD를 만들어서 참전용사들에게 500달러씩 받고 팔았다고 했다. 그런 경험이 있다 보니 나 역시 사진을 팔러 온 것이라 생각했다고.

실제로 한국전쟁 참전용사뿐만 아니라 많은 2차 세계대전 및 베트남전의 참전용사들이 여러모로 사기를 당한다. 선생님은 내게 미안하다고, 네가 이런 작업을 하는 의도에 대해서 잘 알겠다며 고맙다고 덧붙였다.

또 선생님은 미국의 한국전쟁 참전용사에 대한 대우와 상황, 역사에 대해서 이야기해주었다.

1953년 고국에 돌아왔을 때, 그들은 참전용사가 아니었다. 심지어 미군이 한국전쟁에 참전하지도 않은 것처럼 되어 있었다. 말도 안 되는 소리 같지만, 실제로 그랬다. 미국은 유엔군으로서 한국전쟁에 참여하여 경찰 활동을 담당한다는 명분으로

왔기 때문이다. 당시 2차 세계대전이 끝난 지 5년밖에 안 되었기에 어느 누구도 전쟁을 원하지 않았다. 미국 대통령은 의회의 승인을 받기 위해 시간을 낭비할 수 없어서, 유엔군 자격으로 한국전쟁에 참전하기로 결정했다. 그 결과 한국전쟁은 미국에서 '잊힌 전쟁'이라 불리고, 참전용사도 '잊힌 용사'라고 불리게 되었다. 1999년에 미 의회에서 공식적으로 미국이 한국에 참전했다고 승인을 내리기까지, 무려 50여 년 가까이 그들은 인정받지 못했다.

호의를 호의로 돌려받지 못했던 그들은 어떤 심정으로 그 긴 시간을 버텨왔을까. 참전용사 대우는커녕 무시하고, 이용하려는 사람들만 가득했던 그 잔혹한 시절들. 그들의 경계심이 충분히 이해되면서 오히려 마음이 쓰였다. '참전용사'라는 타이틀에 가려 보이지 않던 그림자가 사진 속에서 넘실거리는 것만 같았다.

윌리엄 빌 펀체스

William Bill Funchess

목표는 생존, 미덕은 용기

◇◇◇◇◇◇◇◇◇◇

Last POW* in Korean War, 한국전쟁의 마지막 포로였던 윌리엄 빌 펀체스 선생님을 만나러 갔다. 그는 1950년 11월부터 1953년 7월까지 약 2년 9개월간 포로로 살아야 했다.

2019년 6월, 미국에서 Project-Soldier 작업을 진행하던 중 페이스북 친구인 존에게서 연락이 왔다. 그는 기회가 된다면 꼭 3명의 참전용사분들을 찍어달라고 했는데, 그중 한 분이 펀체스 선생님이었다. 나머지 두 분은 스케줄이 맞지 않거나, 몸이 편찮아 다음에 만나길 희망했다.

펀체스 선생님을 만나기 위해 뉴욕 롱아일랜드에서 사우스캐롤라이나 클렘슨까지 7개 주를 통과했다. 차로 15시간 거리였다. 누군가를 만나기 위해 비행기가 아닌 차로, 이토록 먼 거리를 이동한 것은 처음이었다. 대략 1,400킬로미터 정도였는데, 부산에서 신의주까지의 거리가 680킬로미터 정도이니 한반도

* Prisoner Of War. 전쟁포로.

젊은 시절의 펀체스 선생님.

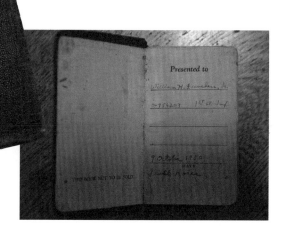

선생님이 전쟁 당시 지참했던 성경.

를 두 번 종주한 거리였다.

그렇게 긴 여정 끝에 도착한 클렘슨에서 선생님 댁은 어렵지 않게 찾을 수 있었다. 바로 POW 깃발 때문이었다.

미국 정부 및 주에서는 나라를 위해 봉사하다가 포로로 잡혀 고생한 POW 참전용사에게 특별한 혜택을 주고 있다. 먼저 평생 'NO TAX'가 있다. 집이나 자동차를 살 때 세금이 없다. 선생님이 조국에 가장 고맙게 생각하는 부분이라고 했다. 그리고 자동차가 바뀔 때마다 POW 표시가 있는 새 번호판을 달아준다. 누구나 알아볼 수 있게 달려 있어 경찰도 그 번호판을 보고 프리패스 시킬 정도라고 한다.

그는 1950년 11월 4일 중공군에 잡혀 포로가 되었다. 밤에만 이동하면서 눈보라가 매섭게 부는 산골을 지나 '죽음의 계곡'으로 불리는, 가장 악명 높은 북한의 5번 포로수용소에 수용되었다.

당시 북한 포로수용소의 환경은 너무도 열악했고 대우 또한 대단히 비인간적이었다. 물과 음식이 부족해 늘 허기에 시달려야 했고 여러 가지 질병에 노출되어 많은 사람들이 죽어나갔다. 또 동상에 걸려 얼어붙은 발을 수술 없이 그냥 잘라내야 살 수 있었다. 수용자들은 전우들이 죽어나갈 때마다 시신을 땅에 묻어주고, 그들의 가족과 전우들에게 알리기 위해 손바닥만한 성경책 뒤에 이름을 하나하나 기록했다.

포로 생활에서 더 힘들었던 것은 중공군이 영어를 구사하는 강사를 데려와 공산주의의 우월성을 강조하는 세뇌 교육을 시작한 것이었다. 무려 30개월 동안 거의 매일 반복되는 교육에 적지 않은 포로들이 미치거나 삶을 포기했다. 당시 세뇌 교육에 잘 따르면 중공군이 식량과 담배를 더 지급했기 때문에 대부분 생존을 위해 버텼고, 23살의 펀체스 역시 그런 상황 속에서 사랑하는 아내 시빌만을 생각하며 견뎌냈다.

전쟁 초반에 포로로 잡힌 그는 미남이어서, 따로 선발되어 포로수용소 선전용 사진을 찍어야 했다. 사진은 포로수용소에 있던 미군 포로에 의해서 촬영되었지만 사소한 모든 것이 중공군의 지시에 의해 정해졌고, 그는 구타와 위협 속에서 어쩔 수 없이 협조해야 했다. 그렇지 않으면 누군가 고통받거나 죽을 수밖에 없었으니까. 따뜻한 솜옷을 제공하고 좋은 대우를 해준다고 선전했으나 솜옷은 촬영 직후 바로 압수당했다고.

그가 마지막 포로가 된 이유에 관한 일화가 있다.

한국 여인이 만든 꽃다발과 성조기를 들고 걷는 펀체스 선생님. 오른쪽 첫 번째.

포로수용소 선전용 사진을 촬영한 펀체스 선생님. 오른쪽 두 번째.

그가 포로로 잡히기 전, 그의 중대는 북으로 진격하는 도중 북한군 부대가 어느 마을에서 양민을 학살하는 장면을 목격했다. 그러나 병력의 수적인 열세 때문에 그냥 이동해야 했다. 그것이 마음속에 응어리로 남아 있었는데, 포로수용소에 끌려간 뒤 어느 날, 영어를 할 줄 아는 중공군 장교가 나타나 포로들을 모아놓고 이렇게 이야기했다.

"너희들은 전쟁포로가 아니다. 미국 중대가 어느 마을의 양민들을 학살하는 것을 본 인민군이 있다. 그러므로 너희는 전쟁포로가 아닌 전쟁범죄자이다. 때문에 우리는 너희를 포로가 아닌 범죄자로 대우하겠다."

그 말을 들은 젊은 펀체스 중위는 소리쳤다.

"그 마을의 양민을 학살한 것은 네 옆에 있는 인민군들이었어. 우리가 다 목격했다. 우리는 전쟁범죄자가 아니다."

모든 미군 포로들이 이구동성으로 항의하기 시작하자 인민군들이 달려나와 펀체스 중위를 포박했다. 중공군 장교와 인민군 장교의 지시로 눈을 가린 채 끌려간 그는 거꾸로 매달려 며칠에 걸쳐 수없이 맞았다.

정신을 차려보니 어느 숲속에 머리만 빼고 묻혀 있었다. '이렇게 죽는구나.' 하는 생각이 들 때마다 고향에 있는 아내를 생각하며, 꼭 돌아가서 그녀를 다시 볼 것이라고 마음을 다잡았다. 며칠 뒤 인민군 병사가 꺼내주어 다시 포로수용소로 돌아왔고, 다들 그의 용기에 박수를 보내며 그가 죽지 않고 돌아온 것을 기뻐했다.

1953년 8월, 포로수용소 연병장에 포로 전원이 집합했다. 그리고 마침내 전쟁이 끝났으니 포로 교환으로 풀려난다는 이야기를 들었다. 다들 기뻐하며 포로수용소를 나가는데, 이전에 영어를 할 줄 알았던 중공군 장교와 인민군 장교가 펀체스 중위에게 다가왔다.

"너는 전쟁포로가 아니라 전쟁범죄자이기 때문에 풀려날 수 없다. 너는 전범재판을 받을 것이다."

이렇게 말하며 그를 다시 포로수용소에 홀로 가두었다. 그때 그는 대성통곡했다. '아내를 생각하며 그토록 버텼는데, 여기서 죽는구나.' 하며 몇 날 며칠을 울고 있었는데, 어느 날 장교가 오더니 당장 따라나와서 머리에 손을 얹고 숲길을 걸으라고 했다. '아 이제 정말로 죽는구나. 날 뒤에서 쏘겠지…….' 생각하며 한 발 한 발 걸어가는데, 뒤에서 총을 장전하는 소리가 들렸다.

"지금 보이는 길을 쭉 따라가라. 이 길에서 벗어나거나 뒤를 돌아보면 죽일 것이다. 가라."

그렇게 언제 죽을지 모르는 상황에서 길을 따라 3시간쯤 걸었더니 저 멀리 성조기와 함께 미군 부대 입구가 보였다. 자기를 본 전우들은 발 벗고 뛰어나와 마중해주었다. 영문을 모른 채 멍하니 서 있던 그에게 전우들이 이야기했다.

"우리 미군 전쟁포로들은 다 풀려났는데, 당신만 나오지 못해서 협상을 수차례 진행했습니다. 결국 우리가 잡고 있던 북측 전쟁범죄자 수십 명과 당신 한 명을 교환하는 조건으로 당신이 풀려난 것입니다. 당신이 마지막 포로입니다."

그제서야 걸어온 길이 DMZ인 것을 알고, 그는 그대로 펑펑 울었다고 한다.

미 해군은 그가 미국으로 귀환하는 동안 함장실을 혼자 쓰도록 예우해주었다. 비행기를 타고 사우스캐롤라이나에 도착하기 전, 공항 활주로에서 기다리는 수많은 사람들을 볼 수 있었다. 그중 유독 빨간색 코트를 입은 여자가 눈에 띄었는데 착륙해서 보니 그토록 그립던 아내 시빌이었다. 아내는 수백 명의 마을 사람들을 불러 모아 무사 귀환한 윌리엄을 환영했던 것이다. 그는 그토록 보고 싶었던 아내와 키스를 나누며 마침내 행복한 순간을 맞이했다.

최후의 순간에 우리는 생존을 목표로 한다. 그리고 무언가를 간절히 기다리는 사람에게는 살아갈 힘이 있다. 사는 동안에 그 기다림을 해소하기 위한 열망을 품기 때문이다. 포로는 해방을 기다린다. 참전용사는 무엇을 기다리는가. 우리는 무엇을 기다리는가. 기다림의 대상을 찾아낼 수 있다면 우리는 어쨌든 살 수 있다. 생존을 목표로 하는 삶도 눈부시지 않은가.

펀체스 중위가 공항에서
아내 시빌을 만난 순간.

펀체스와 시빌은 3명의 아이들을 낳고 60여 년간 행복한 결혼 생활을 보냈다. 시빌은 2017년 5월 25일 세상을 떠났다.

빅터와 낸시
Victor and Nancy

드라마보다 더 드라마 같은

2000년대 영국 요크, 러시아 발레 공연을 보러 온 낸시와 그녀의 친구는 발레 공연 브로슈어에서 한 이름을 발견했다. 발레단의 수석 무용수 빅터였다. 그녀의 친구가 낸시에게 물었다.

"혹시 네 첫사랑 아니야?"

발레 공연이 끝난 후 집으로 돌아가기 위해 공중전화 부스로 가서 택시 번호를 찾던 중 그녀의 친구는 빅터의 이름을 찾았다. 그리고 옆에 적힌 번호를 옮겼다.

택시를 타고 기차역에 도착했지만 기차가 이미 떠나버려서 50분을 기다려야 했다. 그녀의 친구는 빅터에게 전화를 걸어보자고 보챘다. 용기내 전화를 걸었지만 전화벨만 계속 울릴 뿐 아무도 받지 않았다. 별 성과 없이 호주로 돌아간 낸시는 며칠 후 친구에게서 온 전화를 받았다. 빅터와 연락이 닿았냐는 친구의 물음에 낸시는 아니라고 대답했다. 그 시각 호주는 일요일 아침이었고 영국 요크는 토요일 밤이었다. 그녀의 친구는 다독

이며 이야기했다.

"한 번 더 해봐. 혹시 모르잖아."

호주머니 속에 빅터의 전화번호가 적힌 종이가 있었지만 낸시는 망설였다. 결국 친구의 독촉으로 한 번 더 걸어보기로 했다.

"Hello?"

상대편에서 전화를 받았다.

"혹시 빅터랑 통화할 수 있을까요?"
"내가 빅터입니다. 누구십니까?"
"혹시 낸시 달링이라는 여자를 기억해요?"
"……그녀는 내 가슴을 찢어놓았어요."
"아……. 내가 그랬나요?"

잠시 정적.

"낸시? 당신인가요? 아직 같은 성을 쓰고 있나요?"

"결혼할 뻔했던 적이 있지만, 그때 이후로 난 쭉 혼자예요."

그 당시 빅터는 텔레마케팅 전화로 굉장한 스트레스를 받고 있어서 모르는 전화번호는 받지 않거나 끊어버렸다. 그런데 마침 보일러가 고장 나서 수리 기사의 전화인 줄 알고 받은 것이었다.

그렇게 둘은 40년 만에 서로의 안부를 물으며 몇 시간이나 통화를 했고, 몇 주 후 낸시가 빅터를 만나러 영국으로 향했다. 그 뒤로도 빅터와 낸시는 호주와 영국을 오가다 2017년에 영국 요크에 둘만의 집을 장만했다. 둘은 손을 꼭 잡고, 언제나 그랬듯이 오래오래 함께할 것이라고 했다.

낸시가 둘만의 러브 스토리를 나에게 설명하는 동안 빅터는 그저 낸시를 바라보며 웃고 있었다. 마치 달콤한 아이스크림이 입안에서 녹는 것 같은, 사랑스러운 미소였다.

한국전쟁이 갈라놓은 그들의 사랑은 1947년부터 시작됐다.

빅터는 영국 왕실 기마대인 'The Queen's Life Guard'의 근위병이었다. 빅터는 큰 키에 잘생긴 외모라 누구나 호감을 가질

만했다. 낸시는 어여쁜 발레리나 아가씨였다. 런던에서 태어난 빅터와, 스카버러에서 태어난 낸시. 둘은 지인의 소개로 영국 요크에서 처음 만났다. 1947년에 만난 두 사람은 서로의 사랑을 확인하고 결혼을 약속했다. 그런데 1950년 6월 25일 한국전쟁이 터지자 영국은 유엔 결의에 따라 참전하기로 결정했고, 빅터는 곧 돌아올 거라는 약속만 남긴 채 떠나야 했다.

1950년 9월 그는 영국군 첫 파병 부대로 떠나 부산항에 도착했다. 영국군 장교들은 대부분 2차 세계대전이 끝난 후 전역했기 때문에, 한국전쟁에 파병된 영국군에는 유능한 장교가 없었다. 그러나 중공군에는 전쟁을 계속 경험한 유능한 장교가 많았기에 영국군이 전투에서 많은 고생을 했다.

그가 있었던 수원에서는 탱크나 자주포 없이 소총만으로 몇 주를 버티고 있었는데, 설상가상 날씨가 갑자기 추워지면서 끔찍한 추위를 온몸으로 겪어야 했다. 그 당시 영국군은 군복도 식량도 터무니없이 부족해서, 미군의 도움을 받아 겨울을 지내고 있을 정도였다. 추위에 동료들의 손발이 하나둘씩 얼었고, 그렇게 전투가 아닌 추위와의 싸움으로 죽어갔다.

1950년 9월부터 1952년 10월까지 2년이 넘는 기간 동안, 빅터는 통신 쪽의 책임자였던 자신을 대체할 인력이 없어 전우

제대 후 요크 경찰서장으로서 왕실을 호위하는 빅터 선생님.

영국의 몇몇 참전용사분들은 요크의 클럽 당구장에서 매달 모임을 갖는다.

들과 함께 영국으로 돌아갈 수 없었다. 공격과 후퇴를 반복하는 치열한 전투 속에서 빅터는 낸시를 다시 보지 못하고 죽을 것이라고 생각했다. 빅터는 낸시에게 편지를 쓸 생각도 하지 못한 채, 하루 하루를 기도로만 버텼다.

반면 낸시는 그가 돌아올 것이라는 약속을 굳게 믿으며 거의 매일 편지를 썼다. 편지에는 둘이 갔던 장소에 대한 이야기부터 같이 아는 사람 이야기, 빅터가 돌아오면 같이 먹고 싶은 음식, 같이 가고 싶은 곳들에 대한 이야기 등이 빼곡히 적혀 있었다. 하지만 그녀가 보낸 수십 통의 편지는 빅터에게 전달이 되지 않아 아무런 답장도 받지 못했다. 낸시는 1952년 초에 편지 쓰기를 멈추었고, 나는 그녀에게 빅터의 죽음을 예감했냐고 물어봤다. 죽었다고 생각하지는 않았지만, 더 이상 나에게 관심이 없어서 답장하지 않는 거라고 생각했다고.

당시 그녀는 경제적 사정이 좋지 않아 생계를 꾸려야 했기에 간호사가 되기 위해 호주로 떠났다. 빅터가 영국에 귀환한 것은 낸시가 호주로 떠나고 한 달 뒤였다. 그는 돌아와서 몇 날 며칠 동안 런던과 요크를 돌아다니며 수소문했다. 그러나 들려온 소식은 그녀가 영국을 떠났다는 것뿐이었다. 그렇게 둘은 서로를

TRANSPORT HOME

KOREA: **THE 27th**

마음속에 묻은 채 40년간 영국과 호주에서 각자의 삶을 살아나갔다. 그러다 드라마처럼 우연히 재회한 것이다.

하나의 역사라고 불러도 좋을 만한 사진과 기록들이 선생님이 소장하고 있는 앨범에 정리되어 있었다. 사진에 보이는 저 한반도 지도는 앨범의 겉 표지인데, 처음 보는 순간 자개로 만든 상자인 줄 알았다. 자세히 보니 겉 표지는 옻칠을 하고 그림을 그린 얇은 판자로 만든 것이었다. 한반도의 지도와 한국 풍경 등이 그려져 있다. 영국으로 귀국하기 전에 한국에서 구입한 건지, 일본에서 구입한 건지 헷갈린다고 했다.

선생님이 차곡차곡 모은 기록을 보며 가슴이 울렁거렸다. 기록은 곧 역사가 된다. 의미를 부여한 물건은 곧 유물이 된다. 참전용사들의 이야기도 먼 훗날 의미 있는 역사로 남기를. 가치 있는 유물로 보존되기를.

앨런 가이
Alan Guy

전쟁은 삶의 예고편이다

앞서 소개했던 미 해병대 출신 스칼라토 선생님이 한국에서 만난 첫 번째 외국군 참전용사라면, 영국의 앨런 가이 선생님은 내가 직접 찾아가서 만난 첫 번째 한국전쟁 참전용사이다.

2017년 외국군 참전용사분들이 한국에 오셨을 때 그분들을 촬영하는 것은 국내 여건상 힘든 점이 많았다. Project-Soldier 작업을 진행하기 위하여 각국 대사관에 다양한 방법으로 참전용사에 대한 정보를 요청했다. 대부분은 응답이 없거나 '개인정보라서 알려줄 수 없다'는 상투적인 답변뿐이었으나 유일하게 영국 대사관에 계신 분이 친절하게 답신해주었다.

영국은 매년 7월 27일, 한국전쟁 유엔군 참전의 날을 기념하여 1년에 한 번 주한 영국 대사관 주관으로 큰 행사를 개최해왔다. 2017년에는 150여 명이 참석했는데 아쉽게도 1년에 한 번 하는 행사이기에 공식적으로는 내년을 기약할 수밖에 없었다. 아쉬운 마음에 프로젝트의 취지와 진정성을 자세히 설명했다. 대사관 측에서는 '그렇다면 한 분의 이메일을 알려줄 테니 연락해보라'고 했는데, 바로 그분이 앨런 가이 선생님이다.

지금은 영국과 미국을 30여 차례 오가면서 1,500명 이상의 외국인 한국전쟁 참전용사분들을 만나고 사진으로 기록했기 때문에 새로운 분들과 연락하고 만나는 것이 익숙하지만, 그때는 처음이라 무척이나 떨렸다.

'그분들이 어떻게 생각할까? 좋아할까? 싫어할까?'

머릿속에 온갖 생각이 가득했다. 찾아뵙기 전에 한국에서 작업했던 Project-Soldier 사진들을 다 보여드리고 설명했지만, 직접 만나보지 못한 상태에서는 '이런 작업들이 부족해보이지는 않을까?' 하는 두려움이 매우 컸다.

약속 시간인 1시에 선생님 댁에서 만나기로 했다. 위치는 런던에 있는 숙소에서 기차로 2시간 정도 걸리는 웨스트바이플릿이라는 곳이었다. 카메라, 렌즈, 조명 및 기타 도구를 등에 짊어지고 떨리는 마음으로 기차를 탔다. 영국식으로 인사하는 방법이 담긴 책을 찾아보기도 하면서 마음을 달랬다.

역에서 내려 30분 정도를 걸어가 선생님 댁에 도착했다. 작은 키에 인상이 좋았던 선생님은 파파 스머프 같은 표정으로 따뜻하게 맞이해주었다. 한국전쟁 당시 헌병으로 참전했던 짐 테

이트 선생님도 와 계셨다.

사실 처음에 찾아갈 때는 약 1시간 정도의 일정으로 예상했었다. Project-Soldier의 취지를 설명해드리고, 선생님들을 촬영하는 것으로 간단히 마무리할 생각이었다. 그러나…….

차 마시고 쿠키 먹고…… 커피 마시고 초콜릿 먹고…… 다시 차 마시고 파이 먹고…… 또 차 마시고 과일 먹고…… 그렇게 수다로만 무려 4시간이나 보냈다. 오랫동안 알고 지냈던 옆집 할아버지처럼 편안했다.

나는 그분들이 나의 방문을 그렇게 좋아하실 줄은 상상도 못했다. 당신들이 67년 전에 희생해가며 싸운 나라에서 태어난 젊은 청년 하나가, 비행기를 타고 날아와 고맙다는 말 한마디를 해주는 것에 그렇게 기뻐하다니……. 마치 크리스마스 때 산타에게 선물을 받은 어린아이처럼 말이다.

"나는 리버풀 출신인데, 어렸을 때 독일군 폭격을 많이 경험해서 전쟁의 포탄이나 총성은 익숙했어. 그런데 한국전쟁에 참전했을 때 나를 공포에 질리게 한 것은 바로 냄새였어. 시체 썩는 냄새였지. 그 냄새가 내 몸을 관통해서 머리부터 발끝까지 두려움으로 가득 차게 했지. 아직도 그 냄새를 기억해. 바람을 타고 오던 전장의 냄새를……."

선생님이 본격적인 이야기를 시작하며 처음 꺼낸 말이었다.
주먹을 꽉 쥐면서.

그는 17세 때 영국군에 지원했다. 지원 당시 미국 동쪽에 있
는 영국의 영토인 버뮤다에 보내준다고 해서 사인했는데, 몇 달
에 걸쳐 배로 도착한 곳은 부산항이었다. 물론 그의 동료들도
다 버뮤다로 가는 줄 알았다고……. 많은 참전용사분들이 아마
한국으로 전쟁하러 가는 줄 알았으면 안 갔을 거라고 말씀하시
곤 한다. 앨런 가이 선생님도 마찬가지였다.

그가 북으로 올라갈 때는 미군 수송기를 타고 이동했다. 전투
식량을 보급받았는데, 샌드위치, 초콜릿, 커피, 설탕, 껌 등 전쟁
의 공포를 잊을 만큼 달콤하고 맛난 것들이 가득했다. 그러나
철수할 때는 영국군 기차를 타고 남쪽으로 왔는데, 마실 것도
없이 샌드위치 하나만 달랑 있었다. 그마저도 버터나 잼 없이
달랑 햄 한 장만 들어 있는 것. 그래서 '아…… 미군으로 가야
하나.' 하는 엉뚱한 생각을 했다고.

참전 후 그는 영국으로 돌아와 런던에서 전우와 함께 방을 쓰고 있었다. 그런데 전우가 전역하는 바람에 방세를 혼자 다 내야 해서 같이 일하는 '린'이라는 아가씨에게 이야기했더니, 부모님 집에서 하숙을 치는데 마침 방 하나가 남는다고 했다. 방세는 더 저렴한데 위치도 좋아서 그는 당장 집을 옮겼다.

어느 날 자고 있는데 누가 깨워서 일어나 보니 린이었다. 순간 멍해서 '내 방에 왜……'라는 생각이 들 무렵, 린이 "앨런, 오늘 우리 결혼식이에요. 얼른 준비하고 나와요"라고 했다. 그는 화들짝 놀라서 무슨 소리냐며 손을 보았는데, 손가락에는 반지가 끼워져 있었고 집 밖에는 친구들이 둘의 결혼을 축하하기 위해 와 있었다.

그 후로 린과 앨런은 거의 68년간 결혼 생활을 유지하고 있다. 내게 이야기를 해주던 선생님은 손을 입에 넣어 마치 물고기가 낚싯바늘에 낀 모양을 하고는 말했다.

"난 낚인 거야……."

여담으로 그 당시 앨런이 만나고 있는 아가씨는 무려 4명이었다. 런던에 하나, 파리에 하나, 영국 다른 도시에 둘이 있었다고.

그렇게 유쾌한 분위기 속에서 첫 번째 촬영을 마쳤다. 그날 앨런 가이 선생님이 그토록 따뜻하게 대해주지 않았더라면 Project-Soldier는 거기서 멈췄을지도 모른다. 선생님 덕분에 어느덧 영국군 참전용사 120여 명을 사진으로 기록하고 액자를 전달할 수 있었다.

선생님의 전우 중 한국전쟁을 촬영한 사진병이 있었다. 전쟁 당시 흑백 필름으로 찍었는데, 그분이 돌아가시기 전에 현상하지 못했다고 하며 나에게 맡겨주셨다.

우리가 보는 한국전쟁 당시 사진은 대부분 미군 쪽에서 촬영한 것들이다. 그래서 영국군 사진이 귀한 편이다. 다음 장에 수록된 사진에 영국군의 모습이 그대로 담겨 있다.

시작이 얼마나 중요한 것인지 나는 앨런 가이 선생님을 만나며 배울 수 있었다. 어떤 일을 시작하며 자신감을 얻고 가느냐, 좌절을 겪느냐에 따라 미래가 좌우된다는 것을 새삼 곱씹어본다. 나의 의지만큼이나 중요한 주변의 격려와 호응이 늘 고맙고 반갑다. 이 프로젝트를 유지하는 데 큰 힘이 되어준 선생님에게 다시 한번 감사드리며……

영국군이 기록한
한국전쟁 흑백사진들.

스탠리 후지이
Stanley Fujii

돌아오지 못한 전우들을 기억해주십시오

2019년 서울 영등포의 한 호텔이었다. 상이군인회 초청으로 온 한국전쟁 참전용사와 가족들을 촬영할 기회가 있었다.

참전용사의 가족이 있으면 참전용사 촬영 후 같이 찍는다. 나는 후지이 선생님의 사모님께 사진 촬영을 제안했는데 사모님은 놀라면서 손을 저으셨다. 그러나 나와 주변 사람들의 간곡한 요청으로 같이 찍게 되었고, 며칠 후 사진 액자를 전달해드렸더니 두 분 모두 함박웃음을 지으며 굉장히 좋아하셨다. 지금도 그때 찍은 사진을 집에 걸어두고 본다고.

선생님은 젊은 시절 한국을 방문했던 자신의 모습과 비교해보라고 사진도 보내주셨다. 그리고 SNS 계정 하나를 알려주면서 나중에 다른 사진을 보내달라고 하셨고, 이를 계기로 계속 연락을 주고받게 되었다.

다음은 후지이 선생님이 보내온 편지이다.

액자 전달 후 상이군인회에서 받은 여러 가지 선물로 기뻐하시는 모습.

라미 작가에게

　나는 1930년 12월 15일 하와이 호놀룰루 태생으로 어렸을 때 집안이 어려워 신문을 팔아 부모님을 도왔습니다. 고등학교는 하와이에서 나왔고 그 당시 꿈은 하와이를 떠나 더 넓은 세상을 경험하는 것이었습니다. 그래서 캘리포니아의 버클리 대학에 범죄학을 공부하러 갔습니다.

　한국전쟁이 시작되었을 때 나는 대학교 2학년이었는데, 한국전쟁을 간접적으로 느낄 수 있는 특별한 기회가 있었습니다. 대학 시절 밴드 동아리에서 활동했었는데, 우리 동아리는 동네 병원에 위문공연을 가곤 했습니다. 나는 하와이 노래를 부르면서 우쿨렐레를 연주했고, 여학생은 반주에 맞춰서 훌라 춤을 추었습니다. 병원에는 한국전쟁에서 부상을 입은 군인 환자들도 있었어요.

　우리는 한 달에 두 번씩 위문공연을 했는데, 내 또래의 어린 군인들이 즐거워하는 모습을 보면서 그들의 부상이 매우 가슴 아프게 다가왔습니다. 그리고 그해 여름방학에 징집 명령을 받아 입대했습니다.

　1951년 10월 호놀룰루 훈련소에서 16주간 훈련을 받으니 체력이 강해져서 군인으로 싸울 준비가 되었습니다. 한국으로 가던 날 가족들이 수송선을 타고 출발하는 나를 배웅했습니다. 다신 못 볼지도 모른다는 두려움과 슬픔에 빠진 어머니는 구슬 장식이 달린 알록달록한 천 허리띠를 감싸주며 이 허리띠가 너를 보호할 것이라고 했습니다. 어머니의 허리띠 덕분에 그 거친 전장에서 살아남아 돌아올 수 있었던 것이라 생각합니다.

나는 서울 북쪽 금화산을 점유하고 있던 3사단 7연대에 보병으로 배치되었습니다. 부대 근처에 도착하니 한 병사가 나와서 나무가 거의 없는 산등성이로 안내했습니다. 우리는 소총과 탄약 그리고 무거운 군장을 지고 산을 올랐습니다.

산 중턱에도 다다르기 전에 갑자기 폭격이 시작되었습니다. 어떤 폭탄은 바로 옆에서 터지기도 했습니다. 우리는 본능적으로 땅에 엎드렸고 파편이 튀는 소리를 들었습니다. 지금 전쟁터에 와 있다는 것을 바로 깨달을 수 있었습니다. 한편으로 총 한번 못 쏘았는데, 이렇게 죽기는 너무 억울하다고 생각하기도 했습니다.

간신히 산마루에 다다랐을 때, 다른 병사가 나타나 깊은 참호를 지나서 모래주머니로 만든 작은 벙커로 나를 안내했습니다. 벙커에는 아군과 적군 사이에 있는 골짜기를 향해 기관총이 설치되어 있었고, 내 임무는 기관총의 탄약이 떨어지지 않도록 하는 것이었습니다. 밤낮으로 계곡을 감시하고 적들의 움직임을 끊임없이 관찰해야 하는 일이었기에 매우 힘들었고 스트레스도 심했습니다. 휴식 시간이면 산 반대편 경사에 위치한 통나무와 모래주머니로 만든 대형 벙커로 가서 쉬었습니다. 그곳에서 가족에게 편지를 쓰기도 하고, 가끔 동료들이 가족으로부터 받은 음식을 나눠 먹으면서 나름 전장에 적응하고 있었습니다.

한 병사는 편지를 쓰지도, 받지도 않았는데 궁금해서 물어보니 미네소타의 시골에서 온 농부의 아들로 학교에 가는 대신 농장에서 지내느라 글을 읽지도 쓰지도 못하는 상황이었습니다. 가족에게 쓰고 싶은 말을 불러주면 대신 써준다고 말하니 그가 기뻐하며 그동안의 이야기들을 풀어냈습니다.

기억에 남는 그의 편지 내용이 있습니다.

어머니, 지금 한국의 겨울은 미네소타에서 보냈던 겨울의 어느 날보다도 따뜻해 견딜만 합니다.

한국전쟁 당시 내가 겪었던 겨울은 90살 먹은 지금 생각해봐도 가장 추웠는데, 그걸 보고 미네소타는 얼마나 추운지 상상도 못했습니다.

또 내 이름을 부르며 벙커 사이를 달려오는 그가 기억납니다.

"스탠리, 스탠리! 나 편지가 왔어. 집에서 편지가 왔다고!"

그의 엄마가 보낸 편지의 첫 줄에는 이렇게 써 있었습니다.

내 사랑하는 아들 옆에서 이 편지를 써준 스탠리 후지이 씨에게 고마움과 신의 은총을 전합니다.

춥고 힘든 전장이었지만 그의 엄마가 적어준 한마디에 봄이 온 것 같은 따뜻함을 느꼈습니다. 그 뒤로도 여러 편지를 쓰고 읽어주며 그와 매우 친하게 지냈는데, 어느 날 포탄 하나가 우리 진영에 떨어져 그 친구는 전사하고 말았습니다. 나는 그대로 주저앉아 울었습니다.
공식 전사 편지는 아니지만, 그의 엄마에게 그가 어떻게 전사했는지 알려주어야 한다고 생각해 마지막으로 그를 위해, 그의 엄마를 위해 편지를 썼습니다. 아직도 그 편지만 생각하면 눈물이 납니다.

20대 초반에 한국에 도착한 스탠리 후지이 선생님.

1952년 전장에서 스탠리 후지이(왼쪽) 선생님과 그의 전우들.

1952년 금화산 부근 전장에서 휴식을 취하고 있는 모습.

1953년 6월, 14개월간의 지옥 같은 벙커 생활을 벗어나 하와이로 돌아갔습니다. 한 달에 몇 번밖에 목욕을 못해 해충을 막으려고 DDT(살충제)를 몸에 뿌리면서 지낸 것도 이제는 다 추억이 되어버렸습니다.

　　느린 수송선을 타고 10일 이상의 긴 항해를 버텨야 해서 섭섭하기도 했지만, 무사히 돌아간다는 것에 대해 감사했습니다. 동시에 전장에서 죽은 동료들에게 미안한 마음과 슬픔이 가득했습니다.

　　한국전쟁 때의 부상으로 내 청력은 50퍼센트 정도밖에 기능하지 못합니다. 1952년부터 지금까지 보청기에 의지하고 있으며, 다행히 미국 정부의 장애 보조금을 매달 지원받고 있습니다. 전쟁 때 다른 동료들에 비해서 이 정도만 다친 것은 매우 운이 좋은 결과라고 생각합니다.

　　많은 사람들이 한국전쟁을 잊힌 전쟁으로, 우리를 잊힌 베테랑으로 부르지만, 내 머릿속에는 아직도 어두운 밤에 터지는 폭죽처럼 포탄과 야광탄이 터지고 있습니다. 그 포성…… 그리고 동료들의 비명이 계속해서 울리는 중입니다.

　　대한민국에 찾아온 자유와 민주주의의 밑거름은 나와 내 동료들의 도움과 희생이었다 생각하고, 나는 그것이 자랑스럽습니다. 다음 세대가 우리의 희생과 가치를 조금이라도 기억하고 느끼기를 바라며 이 이야기를 남깁니다.

2018년에 찍은 사진 속 이들은 67년 만에 집으로 돌아온 내 전우들입니다. 전우들이 집으로 돌아온 것은 좋은 일이지만 매우 슬픕니다. 관 속에는 몇 조각의 뼈나 군번 인식표가 남아 있는 것이 전부니까요.

부디 아직 돌아오지 못한 내 전우들을 기억해주십시오.

첼시 펜셔너
Chelsea Pensioner

전쟁이 끝나도 그들은 군인이다

300년 전 영국 국왕 찰스 2세가 통치하던 시절, 퇴역 군인들을 위한 보금자리를 마련했는데 이를 첼시 펜션이라 일컫는다.

찰스 2세가 어렸을 때, 자신의 아버지와 이전 국왕 찰스 1세가 의회의 압력에 의해 왕위를 뺏기고 처형당했다. 이때 찰스 2세는 왕족에서 일반 국민으로 신분이 강등되어 프랑스로 피신했다가 다시 복권했다. 그는 절대 왕권과 왕위를 든든히 지켜줄 군인에 대해 관심을 가졌고, 은퇴한 군인에게 각종 복지와 대우를 해준다면 그들의 충성심이 왕권의 밑받침이 될 거라고 믿었다.

그렇게 탄생한 첼시 펜션에 거주하는 사람들이 첼시 펜셔너이다. 영국군 장교나 부사관으로 12년 이상 근무하거나 임무 중 부상당한 군인이어야 한다. 나이는 65세 이상이어야 하고, 롱 워드(펜션 건물)에서 독립적으로 살 수 있어야 하며, 배우자나 가족을 부양하는 어떠한 재정적 의무도 없어야 한다.

엄격한 절차를 거쳐 승인이 되면 연금을 포기하는 대가로 숙박 시설과 의복은 물론 모든 의료 서비스를 무료로 제공받는다.

또 왕실 및 영국의 중요한 행사에 참석하는 영광이 주어진다. 정원은 약 3백 명으로, 그곳에 들어간 모든 베테랑은 생활에 만족한다고 한다.

이곳에 대해 처음 알게 된 것은 2018년 7월 27일 한국전쟁 휴전 기념행사 때이다. 주영 한국 대사관의 협조로 참석한 백여 명의 영국군 참전용사분들을 촬영할 수 있었다.

대다수의 영국군 참전용사 선생님들은 짙은 남색 계통의 코트에 훈장 및 참전 기장을 달고 있었는데, 몇 분만 빨간 롱 코트에 전통적인 모자를 쓰고 오셨다. 왜 그런지 친한 영국군 참전용사 앨런 가이 선생님에게 물어보니, 저 친구들은 첼시 펜셔너에서 왔다고 했다.

그 후 펜션을 방문해서 더 많은 분들을 찍기까지 1년 6개월이 걸렸다. 2019년 7월 27일 행사에 다시 참여했을 때, 다행히 2018년에 촬영했던 대부분의 참전용사분들이 건강한 모습이었다. 나를 반갑게 안아주시면서 "사진 액자 집에 잘 걸려 있다" "자식들이 뿌듯해하더라" "옆집 할아버지가 부러워하더라" 등 이런저런 이야기를 해주셨다. 그때 대사관 관계자 분께서 다가와 나에게 물었다.

한국전쟁 영국군 참전용사 유니폼(좌)과 첼시 펜셔너 유니폼(우).

"이분들 다 아세요? 굉장히 친한 것 같은데."

나는 작년에 촬영했던 일을 이야기하며 Project-Soldier에 대하여 잠깐 설명해주었다. 설명을 들은 그가 첼시 펜셔너 인솔 장교인 필립 소령을 소개해주었다. 그러나 행사 준비로 바쁜 그와 이야기를 나눌 수는 없었다. 그동안 여러 차례 첼시 펜셔너에 연락해보았지만 마땅한 소득이 없던 차라, 필립 소령은 내게 마지막 희망이었다.

2시간을 기다려 간신히 만난 그에게 작년에 찍은 사진과 프로젝트 영상을 보여주며, 런던에 머무는 날이 5일 정도 남았으니 제발 떠나기 전에 촬영할 수 있는 기회를 달라고 부탁했다. 소령은 명함을 주며 이메일로 프로젝트 관련 자료를 자세히 보내주면 상부의 허가를 받아서 진행하겠다고 했다.

그러나 런던을 떠나는 날까지 연락은 없었고 한국에 도착한 후에야 연락이 왔다. 상부의 허가가 늦어져서 미안하다며, 다음에 꼭 같이 하고 싶다고 했다. 그리고 6개월 후 2020년 3월 초, 영국에 다시 방문하기 전 미리 연락을 하고 촬영 허가를 받았다.

촬영 날짜는 2월 10일로 잡혔지만, 코로나바이러스가 확산

되던 상황이라 당일에 취소될 수도 있다는 메시지를 받았다. 선생님들의 안전이 무엇보다 중요하니 어쩔 수 없었다. 촬영 3일 전 날짜를 11일로 변경하고, 촬영 후 3백여 명의 펜셔너를 코로나바이러스로부터 보호하기 위해 봉쇄 조치한다는 이메일이 도착했다.

촬영 당일에도 필립 소령으로부터 나쁜 소식을 들어야 했는데, 만나고 싶었던 참전용사이자 브리티쉬 갓 탤런트 우승자 콜린 테거를 오늘 볼 수 없다는 것과 첼시 펜셔너 투어 및 인터뷰가 불가능하다는 것이었다. 촬영을 할 수 있다는 것만으로도 다행이라 생각하기로 했다.

사진을 찍을 때 사람들이 언제나 하는 질문이 있다.

"단체 사진은 어떻게 잘 찍을 수 있나요?"
"줄은 어떻게 서야 할까요?"

답은 언제나 같다.

"제가 정해드리겠습니다."

앞줄 순서대로 더글라스 패터슨, 빌 라이트, 알프레드 메이슨, 얼터 비슨, 프레드 브런저, 테리 채퍼.
뒷줄 순서대로 데이비드 라이트, 조지 리드, 트레버 존, 고든 콜벳, 이안 엔트위슬, 제럴드 파머.

나이 순서 혹은 계급 순서로 줄을 세운 뒤, 한 분씩 원하는 자리에 배치하면서 디자인하면 된다. 이번에는 나이 순으로 하기로 했다. 모든 사람이 같은 높이면 심심하니 의자를 적당히 배열하고 한 분씩 자리와 포즈를 정해드린다. 마지막 분까지 완성되면 멋진 단체 사진이 나온다.

다음은 Project-Soldier의 하이라이트, 개인 흑백 사진이다. 한 분씩 스튜디오에 모시고 그분들이 평생 간직해온 그대로의 모습을 사진으로 담는다. 내가 제일 좋아하는 순간이다. 카메라 뷰파인더로, 렌즈를 통해 그분의 눈을 마주하면 그 눈 속에서 세월을 느낄 수 있다. 모든 군인은 위대하지만, 전투를 겪은 용사들에게서 나는 특별한 눈빛을 읽어낸다. 오래도록 지워지지 않는 전투의 흔적. 그것은 여전히 뜨겁고 치열하다.

용사들의 유쾌한 열정

'푸에르토리코' 하면 첫 번째로 생각나는 것은 나의 절친인 푸에르토리코 출신 윌리엄과 그의 엄마 카르멘이다. 미국 유학 시절 가장 큰 영향을 미치며 맛난 음식으로 날 행복하게 했던 사람들이다. 그래서인지 나에게 푸에르토리코는 낯설지 않은 이름이다. 그러나 많은 사람이 어디에 있는 나라인지조차 잘 모른다.

푸에르토리코는 미국의 자치령으로 플로리다에서 남동쪽으로 약 1,600킬로미터 떨어져 있으며, 쿠바와 도미니카 공화국이 있는 카리브해에 위치해 있다. '부유한 항구'라는 뜻을 지닌 푸에르토리코. 수도는 산후안이며 면적은 제주도의 약 5배 정도다.

이곳의 사람들은 한국을 잊지 못하지만 한국 사람들은 이곳을 거의 알지 못한다. 한국전쟁 때 참전한 푸에르토리코 병사는 65,000여 명 정도로 푸에르토리코 섬에서만 61,000명이 제65 보병연대로 배속됐다. 나머지는 미국 본토에서 육군, 해군, 공군, 해병대 등으로 참전했다. 인천상륙작전, 장진호 전투 등에서 큰 공을 세워 맥아더 장군은 "더 많은 푸에르토리칸 병사를 보내라"며 그들의 용맹함을 칭찬했다고 한다.

언젠가 한번 가보고 싶었던 푸에르토리코. 그곳에 계신 참전용사분들을 만나고 싶어서 친구에게 물어보니, 2018년 5월에 친척을 만나러 자신도 잠시 다녀올 것이라고 했다. 비행기 표만 준비하면 잘 곳은 일단 확보한 상태. 프로젝트에 사용되는 모든 경비는 자비로 지출하기에 일단 먹고 잘 장소만 정해지면 비행기 표는 신용카드로 긁고 천천히 갚아가는 것으로 진행한다.

문제는 그곳에 계신 분들하고 연락하기 위한 수단을 찾아야 하는데, 그것이 좀 힘들었다. SNS를 비롯한 여러 경로로 알아보았으나 어디에나 있는 한국 사기꾼들에게만 연락이 왔다. 누구누구를 아는데 소개해줄 수 있으니 소개비를 달라, 비용이 얼마나 든다 등……. 나를 방송국 사람으로 알거나 많은 돈을 가지고 오는 사람으로 착각한다. 카드 값도 겨우 갚아나가는데.

그렇게 헤매다가 뉴욕 경찰의 소개로 푸에르토리코의 정치가를 알게 됐고, 그분이 푸에르토리코에서 오랫동안 한국전쟁 참전용사분들께 봉사한 이교자 선생님을 소개해주었다. 그분 덕

분에 이틀에 걸쳐 푸에르토리코에 계신 약 50여 명의 참전용사 분들을 만나고 사진으로 담을 수 있었다.

산후안에서 차로 1시간 정도 이동하면 제65보병연대 한국전쟁 참전 베테랑 챕터 사무실이 있다. 여기서 대부분 관련 모임과 행사를 진행한다고. 스튜디오 세팅을 하고 한 분씩 사진을 찍은 뒤 허리를 굽혀 "Thank you for your service"라고 인사를 했다.

개인 촬영을 마치고 언제나 새롭게 도전하는 단체 사진을 찍을 시간이 왔다. 늘 그랬듯이 한 분씩 자리 배치를 하는데, 회장님이 스페인어로 뭐라 소리치셨다. 알고 보니 오늘 촬영에 유니폼을 입고 오라고 했는데, 몇 분이 깜빡하고 그냥 오거나 빨래해서 못 입고 오자 화를 낸 것이었다.

"너희는 나중에 따로 들어와! 유니폼 입은 사람만 먼저 찍을 거야!"

그래서 이렇게 각각 두 개의 단체 사진이 탄생했다.

다음은 푸에르토리코 참전용사의 인터뷰를 하면서 들은 몇

세계 2차대전과 한국전쟁에 모두 참전한 아셀멜로 버나드 선생님. 당시 96세셨다.

가지 에피소드.

"핸드폰은 LG야."

한 분은 LG 핸드폰을 자랑스럽게 꺼내 보여주었다.
핸드폰으로 찍은 사진을 보니 냉장고도 LG 제품이었다. 그
선생님은 방긋 웃으며 말씀하셨다.

"냉장고도 LG지……."

처음에 군 소집 명령이 떨어지자마자 푸에르토리코를 떠났고, 첫
도착지는 하와이였다. 하와이는 섬이고 기후도 고향과 비슷해서 다
들 '이곳에서 근무하는구나' 싶은 생각에 너무 행복해했다. 3일 동안
계속 파티를 열었고, 고향을 그리는 노래를 부르면서 밤을 지새웠
다. 아무도 어디로 가는지 알려주지 않았지만, 모두 전쟁터로 가는
것은 알았다.

따뜻한 행복의 맛을 느낀 것도 잠시, 도착한 곳은 인천이었다. 왜
아무도 그곳이 갯벌이라는 이야기를 안 해주었는지. 해안선에서 멀
리 떨어진 곳에 배를 세우더니 우리더러 내리라고 했다. 왜 여기서

내리냐 했더니, 더 가까이 가면 배가 못 나온다며…….

군장과 소총을 들고 내렸으나 물이 생각보다 깊었고 바닥은 갯벌이어서 무거운 장비와 함께 발이 빠져 그대로 익사한 전우들이 많았다. 나도 내 앞에 있는 전우를 밟고 살 수 있었다. 우리는 전진밖에 할 수 없었으니까……. 죽은 전우가 아직도 생각난다.

한국전쟁 때 생각나는 것은 딱 세 가지뿐이다. 눈, 추위 그리고 배고픔.

한국에 겨울이 왔을 때, 하늘에서 하얀 것이 내리는 모습이 너무 아름다워 하나님이 보내신 천사인 줄 알았다. 그것이 내 몸을 얼려버리는 악마라는 사실을 알기까지는 얼마 걸리지 않았다.

나는 아직도 내 피가 그곳에 있음을 느끼고, 그것이 자랑스럽다.

촬영한 사진은 모두 액자로 만들어 2018년 9월경 상이군인회 초청으로 온 참전용사 가족분들에게 전달했고, 현재 푸에르토리코 산후안 보훈 병원에 영구적으로 전시되어 있다. 이교자 선생님을 통해 추가 촬영에 대한 요청이 꾸준히 오는 중이지만, 경비가 부족한 상황이라 죄송하게도 못 가고 있다.

마리오 라미레즈 선생님이 한국전쟁 때 사진을 가지고 와 보여주었다.

호세 엔 곤잘레스 선생님.   페데리코 시몬스 페드라자 선생님.

마리오 라미레즈 선생님.

푸에르토리코 제65보병연대 참전비. 관리가 안 돼서 풀이 무성하다.

삶이 조금씩 닳아간다고 느낄 때면 그들의 유쾌하면서도 열정적인 에너지를 떠올린다. 영원할 것만 같은 그들의 패기를 다시 한번 느끼고 싶다.

천한봉

우리는 사람의 역사를 믿어야 한다

인터넷에 '천한봉'이라는 이름을 검색하면 도예가가 먼저 나온다. 그러나 나는 당연하게도 6·25 참전용사로서의 천한봉 선생님 이야기를 하고자 한다.

어느 날 프랑스어로 출판될 도예 잡지에 수록될 도예가 '관문요' 김종필 선생님의 작업과 작품 사진 촬영 의뢰가 들어왔다. 나는 흔쾌히 수락하였고 그때까진 Project-Soldier 작업과 이번 의뢰가 연결될 거라고 생각하지 못했다.

김종필 선생님께서 나의 사진 스타일 및 작업에 대해 미리 알아봐주셔서, 이런저런 이야기를 수월히 해나갈 수 있었다. 그러다 불쑥 튀어나온 선생의 "제 스승님도 6·25 참전용사이십니다"라는 한마디에 나는 호기심을 이기지 못하고 살짝 무례를 저질렀다. 의뢰받은 촬영을 할 때보다 참전용사였다는 스승의 이야기에 눈빛이 더 반짝였던 것을 들켜버렸기 때문이다.

"그분의 이야기를 듣고 싶습니다. 사진도 볼 수 있을까요?"

김종필 선생님과의 1박 2일 촬영이 끝난 후, 근처에 있는 천한봉 선생님 작업 공간이 있는 문경으로 이동했다. 천한봉 선생님을 만나뵙는데 몹시 추운 겨울날이어서 혹시나 감기가 드실까 걱정했지만, 90세 가까운 나이임에도 정정하셨다.

선생님께 Project-Soldier 작업 영상과 사진을 보여드리면서 조심스럽게 선생님의 참전 이야기를 듣고 싶다고 했다. 사실 그날은 내 프로젝트보다 스승과 제자의 사진 촬영이 우선시되는 자리였다. 그러나 1시간가량 걸쳐 이어진 선생님의 이야기가 끝날 때까지 아무도 사진 촬영에 대해 언급할 수 없었다. 무려 세 번에 걸친 군 입대 이야기다.

첫 번째 군 입대

천한봉 선생님은 1933년 일본에서 태어나 귀국 후 문경에 정착했다. 그는 일찍이 '도예 신동'이라 불리며 어린 나이부터 물레를 돌려 도자기를 만들고 있었다.

어느 날 도자기 작업장에 군인들이 들어와, 중공군이 쳐들어와 전세가 급하니 젊은 사람들이 탄약과 식량을 지게에 짊어지고 제천에 있는 8사단까지 옮겨달라는 요청을 했다.

8사단에 입대했을 때 천한봉 선생님의 사진. 철모와 총은 분대장에게 빌렸다고 한다.
당시 국산 군복은 무명으로 만든 한복 스타일이었다.

지금은 도로가 잘 나 있어서 금방 가지만, 그때는 교통이 발달하지 않았던 때라 도로를 이용하려면 충주까지 멀리 돌아가야 했다. 문경에서 8사단 사령부까지 물자를 옮기기 위해서는 월악산의 산길을 타고 움직이는 것이 가장 빠른 방법이었던 것이다. 이렇게 물자를 옮긴 이들이 바로 '지게 부대'였다.

지게 부대에 대해서 모르는 사람들이 많은데, 1950년 7월 26일 이승만 대통령이 공포한 긴급명령 6호 〈징발에 관한 특별조치령〉에 따라 각 지역에서 동원된 민간인들이다. 징집 대상에서 벗어난 나이인 35~60세로 편성된 지게 부대는 노무단, 근무단, 보국대라는 공식 명칭이 있었지만, 지게를 지고 전쟁터를 누비는 모습 때문에 지게 부대라는 이름으로 더 많이 알려졌다.

그렇게 선생님 또한 지게 부대가 되었다. 사람들과 산을 넘어 8사단에 도착하니, 대대장 정도로 보이는 대위가 나와서 말했다.

"선생님들 고맙습니다. 젊은 분들은 이 난리에 집에 가면 무엇합니까. 오신 김에 군 생활 마치고 돌아가시죠."

이렇게 제안하면서 푸짐한 밥을 대접했다고. 가만히 생각해
보니 그 말이 맞다고 생각해 "군대에 대해서 아무것도 모르는데
어떻게 하면 됩니까?" 했더니, "우리가 훈련을 시켜주겠다. 그리
고 훈련 중에 군번이 나올 테니 걱정하지 말라"는 말에 선생님
은 그대로 입대했다.

10일 정도 기본적인 훈련을 받은 뒤, 중공군이 원주까지 밀
고 내려온다는 소식이 들려오자 전투 명령이 떨어졌다. 8사단
은 북으로 진격하기 위해 충주강을 건너 제천, 원주, 횡성으로
가야 했다. 지금은 충주댐이 있어 물이 깊지만, 당시에는 댐이
없어 강이 얕고 좁기에 도하 작전으로 밤에 이동했다.

횡성으로 북진하던 중 선생님의 부대는 인민군과 처음으로
교전하게 되었다. 그러나 훈련을 제대로 못 받아 전투에 대해
아는 것이 없었던 선생님은 그냥 방아쇠만 당겼다. 박격포나 자
주포 없이 오로지 소총으로만 전투를 하다 보니 화력이 약했다.
후퇴하면서 새벽을 기다렸다가 빈틈이 생기면 다시 공격해서
전진하고, 동이 트면 화력이 약해서 후퇴하는 것의 반복이었다.

그러다 중공군의 압박으로 결국 선생님은 인민군에 생포되어
8사단 전우들과 양구 근처의 포로수용소에 갇히게 되었다. 당

시 인민군 포로수용소는 차라리 중공군 포로수용소에 수용되는 게 더 좋다는 후문이 있을 정도로 비인간적이며 잔인했다.

식사는 하루에 한 끼. 아침에 콩을 삶아서 손에 담아주었다. 그런데 삶은 콩과 물을 먹으니 대부분 설사를 했고, 그것이 병으로 이어져 많은 전우가 죽어나갔다. 죽음에 대한 공포가 일상이 되니, 내부에서는 탈출에 대한 의지가 커지며 작전이 하나둘씩 생겨났다.

인민군의 병력이 전방에 대부분 배치되어 후방은 비었다는 사실과 적은 병력으로 포로수용소가 운영된다는 것을 토대로 대규모 인원이 야밤에 탈출한다면 가능성이 있다고 판단했다. 보초 간격이 넓은 철조망을 공병대 출신 포로가 미리 잘라놓고, 큰소리로 함성을 지르며 나가면 총을 가진 인민군도 겁이 나서 저지하기 힘들다는 생각이었다.

대규모 탈출 계획은 성공적이었다. 놀란 인민군들은 허둥지둥했고 일부 사상자가 있었지만 대부분 탈출에 성공했다. 산으로 도망칠 때 알아서 각자 남쪽으로 가는 것이 계획이었지만, 막상 탈출해도 방향을 종잡을 수 없었다. 어두운 밤, 그는 머릿속까지 새까맣게 되었다.

역사에 기록될 정도로 추운 겨울이자 유난히 눈이 많이 왔던 1951년이었다. 추위에 떨며 산속에 숨어 있는데 맑은 하늘에 별이 보였다. 어렸을 때 어른들이 한 말을 곱씹어보니, 북두칠성 맨 끝에 있는 별이 남쪽에 있다는 것이 생각났다. 선생님은 낮에 숨어 있다가 밤에만 별을 보며 조금씩 이동했다. 그렇게 이동하다 보니 멀리서 포성이 들렸다. 전방이 가까워졌던 것이다.

그러다 여자들로만 이루어진 피난민 행렬을 발견한 선생님은 슬그머니 붙어서 걸어갔다. 그때 멀리서 자동차 소리가 들렸다. 인민군인 줄 알고 다들 강둑으로 숨었는데, 포복하며 힐끗힐끗 살펴보니 유엔군 탱크였다.

그는 황급히 옆에 있던 부녀자에게 하얀색 저고리를 벗어달라고 했다. 그것을 흔들면 저들이 총은 안 쏠 거라 믿었다. 뛰쳐나가 미친듯이 흔들며 총을 쏘지 말라고 했다. 어떤 군인이 점점 가까이 왔는데 피부색이 검었다. 손 들라는 말을 못 알아들으니 잠시 후 국군 통역관이 도착했고, 그동안의 일들을 심문했다.

그는 8사단으로 입대하여 포로가 되었다가 탈출하고 다시 여기까지 온 모든 과정을 설명했다. 그들은 자대로 복귀하라는 명령을 내리면서 여주에 있는 국군 헌병대까지 선생님을 데려다

도예가보다 참전용사라는 말이 더 좋다는 천한봉 선생님.

가마 앞에 앉은 도예가로서의 천한봉 선생님.

주었다. 헌병대에 도착하니 새 군복을 주고, 고생했다며 밥도 실컷 먹여주었다. 몇 달 동안 못 먹은 밥을 한꺼번에 먹는 기분이었다고.

그 당시 8사단은 대구까지 후퇴해서 어느 초등학교에 주둔하고 있었다. 그곳에서 며칠 동안 부대를 정비하며 진지공사를 했다. 이후 병력을 재조직하여 거창으로 이동하는 도중, 산에 자리 잡은 인민군과 대치했다. 몇 번이나 반복되는 전투 끝에 유엔군의 지원을 받아 산 전체에 불을 질러서 간신히 승리했다.

그렇게 치열한 싸움에 참여했지만, 여전히 그는 정식 군인이라는 증거인 군번이 없었다. 이제까지의 군 생활을 증명할 방법도 없으니 이윽고 '내가 여기 왜 있어야 하나' 싶은 생각이 든 것이다. 억울하고 화가 치밀어오른 그는 대대장에게 찾아가서 자초지종을 이야기했다. 그랬더니 육군 본부도 서울에서 퇴각한 상태여서 어쩔 수 없다고, 미안하다고 했다.

군번도 없는, 정식 군인도 아닌 내가 왜 여기에 있어야 하냐고 따지니 대대장도 한숨을 내쉬며 원한다면 집으로 돌아가라고 했다. 다만 혹시 모르니 이제까지 군 생활을 했다는 증명서를 하나 써주었다. 그렇게 첫 번째 군 생활이 끝났다.

두 번째 군 입대

그러나 그는 집으로 내려오는 길에 증명서를 분실했다. 증명서가 없으니 괜히 불안감에 사로잡혀 '체포되지 않을까' '군에 또 끌려가면 어떡하지' 싶은 생각에 마을 경찰서에 가서 자초지종을 이야기했다.

한국전쟁 당시 공비 혹은 빨치산이라고 불렸던 인민군 낙오병들은 산속에 머물며 밤마다 민간인들을 공격하고 먹을 것을 훔쳤다. 월악산에 아지트를 두어서 근처 마을의 피해가 컸고, 종종 파출소도 습격당해 후방에 큰 위협이 되었다. 경찰에서는 이에 대응하기 위해 민간 조직 특공대를 만들었다. 무기는 군에서 받고, 지휘 하달과 정보는 경찰이 통제하며 빨치산을 토벌하는 특수조직이었다.

경찰서에서는 전투와 군 경험이 있는 그를 치켜세우며 특공대에 참여시켰다. 그렇게 빨치산 특공대에서 2년간 공비를 소탕했다. 그러던 어느 날 경찰서에 찾아가 보니, 입대 영장이 나왔다는 것이다. 이럴 수가. 지난 2년간의 특공대 복무도 아무런 도움이 되지 못했다.

그렇게 해서 두 번째 군 생활이 끝나고 말았다.

세 번째 군 입대

1953년 6월 논산훈련소에 정식 군번을 받고 입대했다. 훈련 도중 1953년 7월 27일 한국전쟁이 휴전되면서 4년간의 정해진 복무 기간을 마치고 마침내 전역했다. 선생님은 총 7년이라는 세월을 군대에서 보내고 다시 도자기 만드는 일로 돌아갔다.

제대 후 도예가로 명성을 쌓으며 살던 어느 날, TV에서 한국전쟁 참전 유공자 등록에 관한 소식을 들은 선생님은 곧바로 등록을 신청했다. 그러나 '훈련소 생활 도중 휴전됐기에 참전 유공자가 아닙니다'라는 답변만 돌아왔다. 8사단에 입대한 사실과 경찰 특공대 활약까지 이야기했지만, 증명서 한 장 없는 그를 믿어주는 공무원은 없었다. 여러 번 시도했으나 마음의 상처만 받을 뿐 방법이 없었다.

2007년쯤 육군본부 소속 장군이 선생님의 전시실에 방문해 다과를 하는 자리가 있었다. 그때 선생님은 그 장군에게 군대만 세 번 다녀온 이야기와 함께 이를 인정받지 못하는 한스러운 현실을 토로했다. 그랬더니 그 육군 중장이 손을 꼭 잡으며 약속했다.

"제가 선생님 같은 분들이 참전 유공자로 인정받는 방법을 찾아보겠습니다."

말뿐이라도 고맙다 생각했을 뿐 기대하지는 않았는데, 몇 년 후 복무 증명서와 같은 증거가 없다 해도 구체적인 정황을 듣고 당시 기록과 맞으면 참전용사로 인정되는 법이 제정됐다. 그 결과 2013년에 드디어 선생님은 6·25 참전 유공자로 인정받게 되었다.

때로는 사람의 기억이 기록보다 훌륭한 증거가 되어준다. 증거가 없어 해결되지 않았던 미제 사건도 전혀 생각지 못한 곳에서 등장한 증인을 통해 실마리가 풀릴 수 있듯이, 우리는 우리의 기억을 믿어야 한다. 차갑고 건조한 종이의 역사보다는 뜨거운 숨결을 품은 사람의 역사를 믿어야 한다.

스승을 업은 제자.
천한봉 선생님과 김종필 선생님.

아든 롤리
Arden A. Rowley

기억과 취향 사이에서

∞∞∞∞∞∞∞∞

2018년 미국에서 열리는 한국전쟁 참전용사협회 정기 모임 (KWVA)에 참석했다. 1년에 한 번 하는 모임으로 규모가 커서 많은 참전용사분들이 가족들과 같이 참석한다. 그곳에서 약 80여 명의 한국전쟁 참전용사 및 가족분들을 사진으로 담았다. 아든 롤리 선생님은 그 자리에서 만났던 분이었다.

이후 선생님에 대해서 더 알 수 있었던 것은 수잔 덕분이다. 수잔은 어렸을 때 미국에 온 이민자 가족 출신으로, 현재는 애리조나 피닉스에서 한국전쟁 참전용사 선생님들을 위해 봉사하며 그들을 인터뷰한 내용으로 책을 준비하고 있다. 애리조나 피닉스에 있는 참전용사분을 만나고 촬영할 수 있었던 것은 모두 수잔의 도움 덕택에 가능했다.

선생님을 다시 만나게 된 것은 2019년 4월, 피닉스에 있는 그분의 댁에서였다. 나는 언제나 참전용사분들을 찾아가기 전에 꽃을 준비하는데, 선생님 역시 수잔과 나를 위해 샌드위치와 음료수를 준비하셨다.

한국전쟁 참전용사협회 정기 모임.

수잔과 애리조나 한국전쟁 참전용사.

선생님은 미 육군 2사단 제2공병대대 소속으로 한국전쟁에 참전했다. 미 육군 2사단의 부대 마크는 독특하다. 실제로 내 주변에도 이 마크를 보고 서부 인디언 전쟁에서 활약한 부대로 착각하는 사람이 많았다. 할리우드 영화의 영향이 큰 듯하다. 결론부터 말하자면 사실이 아니다.

미 2사단은 1917년 프랑스 버몬트에서 창설되어 제1·2차 세계대전과 한국전쟁에 참전했으며, 미 육군 중 처음으로 외국에서 창설된 사단이다. 미국 파병 부대 중에서 제일 처음 한국에 도착하였으며 유엔군 최초로 평양에 입성했다.

부대 마크는 1918년 프랑스 툴롱 지역에 머물고 있을 때 제작되었다. 기차 보급 수송부대 헤링쇼 대령이 연합군의 수많은 차량 가운데 사단의 차량이 구분되길 원했기에, 단순하고 구별되면서도 특별한 의미가 있는 마크를 공모했다. 논의 결과 1위가 인디언 헤드, 2위가 흰 별이었는데 이 둘을 합쳐서 지금의 사단 마크인 '더 스타 앤 인디언 헤드'가 탄생했다.

미 2사단에는 매년 11월 30일 부대 깃발을 태우는 독특한 전통이 있다. 한국전쟁 당시에 벌어졌던 군우리 전투 때문이다.

군우리 전투에서 패배한 미군은 1950년 11월 29일부터 12

미 육군 2사단 마크.

월 1일까지 철수 작전을 벌였다. 당시 미 2사단은 남쪽으로 이어진 좁고 험한 계곡 사잇길로 철수하던 대열의 마지막 부대였다. 그중에서도 제2공병대는 중장비 때문에 행렬의 마지막에 있었고 후방을 지키며 퇴각해야 했다.

그러나 중공군은 강행군을 통해 퇴로를 먼저 점령한 뒤, 사방을 포위하며 미군을 독 안에 든 쥐처럼 공격했다. 그 당시 제2공병대를 이끌던 대대장 알러리치 자켈레 중령은 앞선 호송대가 매복 중이던 중공군에게 포위돼 공격받았다는 소식을 듣자 부대 깃발을 빼앗기지 않기 위해 깃발을 불태웠다.

결국 미 2사단은 병력의 80퍼센트에 달하는 손실을 입고, 대

중공군에게 잡힌 미군 포로 행렬.

부분의 장비를 못 쓰게 되었다. 제2공병대는 사단에서 가장 큰 타격을 입어 장병 977명 중 266명만이 생존했을 정도였다.

이 군우리 전투에 참전했다가 12월 1일 청천강 근처에서 중공군에게 잡혀 포로가 된 것이 바로 롤리 선생님이다. 선생님의 증언에 의하면, 부대기를 태우던 그 순간에는 현재 미 2사단에서 진행하는 행사처럼 태우지 않고, 부대기를 보관하는 나무 상자에 휘발유를 부어 태웠다 한다. 그 자리에 있던 것은 아니지만 근처 트럭에서 경계근무를 하고 있었기에 볼 수 있었다고. 그때 대대장은 말할 수 없이 참담함 표정으로 타들어 가는 부대기를 끝까지 보았다고 한다.

포로로 잡힌 후 24일 동안 밤에만 이동하며, 눈보라를 뚫고 포로수용소에 도착했다. 수용소 환경은 굉장히 열악했고 배고픔, 추위와의 싸움에 전염병까지 돌면서 얼마 안 돼 4백여 명이 숨졌다. 얼어붙은 땅을 깨며 전우들을 계속 묻어야 했고, 동상에 걸린 전우들은 아무런 치료도 받지 못한 채, 가위로 동상 부위를 잘라내야 했다.

그는 무려 다섯 개의 포로수용소를 돌며 3년을 보낸 뒤 1953년 8월 18일 정전 협정에 따른 포로 교환으로 복귀했다. 미국으로 돌아온 뒤 국경 수비대에 재입대해 소령으로 제대했지만, 한국을 거들떠보지도 않았다. 전쟁의 기억들, 전우들의 죽음, 너무나 길었던 포로 생활 등 한국에서의 모든 것이 외상 후 스트레스 증후군으로 찾아와 자신과 주위 사람들을 힘들게 했기 때문이다.

70년이 지났지만, 여전히 많은 참전용사분들이 한국전쟁에 관해서 이야기하는 것을 두려워한다. 이야기할 때는 괜찮아도 집으로 돌아가 잠을 자려고 하면 쉽게 잠들지 못하거나 악몽을 꾼다. 그분들에게 전쟁은 70년 전의 기억에 머무르지 않고 지금까지도 진행 중이기 때문이다.

롤리 선생님은 미국을 상징하는 '엉클 샘Uncle Sam'의 열렬한 수집가이다. 다음 사진은 선생님의 집에서 직접 촬영한 것으로 2019년 당시 1,000여 개의 엉클 샘을 보유하고 계셨으며, 사진에 있는 동상이 갖고 계신 가장 큰 엉클 샘이라고 했다.

미국의 상징 엉클 샘은 본래 군 납품 통조림 공장의 주인이었다. 1812년 미국과 영국 간에 벌어진 전쟁 중에 만들어진 별명이었으며, 본명은 새뮤얼 윌슨이라고 한다. 새뮤얼 윌슨은 통조림의 검사를 거쳤다는 표시로 통 바깥에 E.A. - U.S.(정부 측 계

약 책임자 엘버트 앤더슨Elbert Anderson과 미국United States의 머리 글자)란 약자 부호를 찍어 넣었다. 그때까지만 해도 'U.S.'란 용어를 사용하지 않았기 때문에 사람들은 이 문자가 무엇을 뜻하는지 몰랐다.

이후 그의 공장을 둘러보던 정부 검사관이 공장 종업원에게 통에 찍힌 이 약자의 의미를 물었고, 종업원도 그 뜻을 정확히 몰라 '엘버트 앤더슨과 엉클 샘인 듯하다'라고 농담으로 말했다. 엉클 샘은 새뮤얼 윌슨을 가리킨다. 이후 종업원이 한 농담이 진담으로 받아들여져 군 배급 식량에 찍힌 U.S. 표시를 '엉클 샘'으로 읽게 되었다. 이후 연방정부 공급품을 엉클 샘으로 칭하였고 한다.

엉클 샘이 가장 많이 알려진 것은 1·2차 세계대전 때이다. 심각한 표정과 함께 손가락으로 보는 사람을 가리키며 '미 육군은 당신을 원합니다I want you for U.S. Army'라고 호소하는 엉클 샘의 포스터는 전국적으로 수백만 개가 팔려나갔다. 이후 수많은 포스터와 광고에 엉클 샘이 등장하면서 대중화되었다.

엉클 샘을 누구보다도 좋아하셨던 롤리 선생님은 안타깝게도 찾아뵌 지 두 달 후인 2019년 6월 14일, 89세의 나이로 세상을 떠났다. 그분이 떠난 날은 공교롭게도 그가 평생 사랑해왔던 성조기를 기념하는 플래그 데이였고, 성대한 예우를 받으며 장례를 치렀다. 애리조나의 메사 국립묘지에 안장되었다.

신생님의 삶을 짧게나마 전해들은 나의 기억에 선명하게 남는 두 가지가 있다. 엉클 샘을 사랑했던 그의 취향과 불태워지는 깃발 이야기가 바로 그것이다.

한 사람의 인생을 설명하는 것은 무엇일까. 그 사람이 좋아했던 어떤 대상일까? 성과를 보여주는 발자취일까? 사람이 가지고 있는 열광적인 취향과 절대로 잊을 수 없는 기억 사이에서 사람의 영혼은 언제까지고 살아 숨 쉬지 않을까.

루이스 브래들리
Lewis Bradley

전장의 로망

◇◇◇◇◇◇◇◇◇◇

활짝 웃는 미소, 그 위에 보이는 멋진 콧수염의 노병. 한국진쟁에서 헬리콥터 구조대로 활약한 참전용사 루이스 브래들리 선생님이다.

그와의 인연은 꽤 뜻밖이었다. 보통은 내 쪽에서 참전용사분을 찾아가는데, 2018년 9월 어느 날 페이스북을 통해 메시지 하나가 도착했다. 수잔에게서 온 연락이었는데, 브래들리 선생님이 피닉스로 꼭 와달라는 부탁을 하셨다고 했다. 연락하기에 앞서 수잔은 이상한 사람인지 아닌지 확인하기 위해 인터넷을 뒤져 나에 대해 샅샅이 조사했다고. 조사 결과 다행히 합격(?)이었는지 언제든지 환영한다고, 많은 분이 기다리고 있다고 메시지를 보내왔다.

그러나 나는 그 이야기를 듣고 한숨부터 나왔다. 그곳에 갈 수 있는 예산이 없었기 때문이었다. 앞서 약 9개월간 참전용사분들을 찾아가 사진을 찍어드린 뒤 액자로 제작하고 나니 갚아야 할 카드 빚이 너무 많았다.

그러나 하늘은 스스로 돕는 자를 돕는다고 했던가. 뜻밖에 갈 방법이 생겼다. 앞서 언급한 미국 KWVA에 참여하기 위해 이미 카드로 항공권을 구입한 상태였다. 다행히 경유하는 일정을 채택하면 항공비가 많이 줄어서, 고생스럽지만 피닉스에도 다녀올 수 있게 되었다.

그 결과 일주일 동안 비행기만 총 일곱 번을 갈아탔다. 다녀와서 오랜 비행의 피로로 일주일을 앓았지만, 조금이나마 젊었을 때였기에 가능했던 것 같다. 2년 전 일이지만 지금 하라고 하면 아마 못하겠지.

올랜도에서 새벽에 출발해 피닉스에 도착하니 오전 11시쯤이었다. 수잔과 그의 남편 팀이 마중 나와 있어서 그들과 간단한 점심을 먹고 스튜디오 세팅을 했다. 그러던 도중 수잔이 나를 불렀는데, 콧수염이 멋진 어느 한 참전용사를 소개하며 이분이 바로 날 부른 루이스 브래들리 선생님이라고 했다. 허리 굽혀 인사했더니, 답례로 경례를 하셨다.

그는 1933년 일리노이 태생이며, 17세의 나이에 미 해병대에 입대했다. 어렸을 때 친구의 형이 운영하는 레스토랑에서 일했었는데, 사장님이 2차 세계대전 참전용사였다. 그의 전쟁 이

경례하는 루이스 브레들리.

야기를 들으며 로망을 가진 루이스는 서둘러 군에 입대했다. 그 당시 많은 젊은이들이 군복을 입고 자유를 전파하러 세계로 나가는 것을 꿈꾸었다고.

그가 입대한 1950년 5월은 한국전쟁 발발 한 달 전이었다. 그런데 신병 훈련을 마치고 배속받은 부대는 이미 한국에 참전한 후였다. 어린 나이에 입대하면서까지 군인이 되어 전쟁을 경험하고 싶었던 그는 크게 실망했다. 그토록 원했던 해병이 됐지만 전투에 참여하지 못하자 자신이 무늬만 해병이라고 느꼈다.

결국 그는 진짜 해병이 되기 위해 한국에 참전한 해병 전우와 자진해서 맞교환하는 조건으로 한국에 갈 수 있었다. 1952년 5월 캘리포니아를 떠나 미 해병대의 공군 기지가 있는 평택에 도착했다. 그는 거기서 헬리콥터를 운용하는 임무를 맡았다.

그는 한국에 오기 전까지 항공 역학 교육을 전혀 못 받았기에, 평택 기지의 정비사들과 헬리콥터 정리 작업을 하면서 항공 정비에 관해 모든 것을 터득했다. 이후 평택 공군 기지의 구조 대장이 되어, 평택에서 반경 100마일(160킬로미터) 이내의 추락한 아군 조종사를 구출하는 임무를 맡았다.

구조 임무는 모든 경우의 수를 대비해야 했다. 적군 지역에 침투하는 것은 물론, 꽁꽁 얼어붙은 물속에서 이미 숨진 조종사의 시신을 수습하기도 했다. 그를 보호할 장구는 45구경 권총과 구조 임무에 사용되는 밧줄이 전부였다. 위험천만했던 조종사 구조 임무는 10개월 후 끝이 났다.

임무를 마친 그는 한국을 떠나 일본이나 본국으로 돌아갈 수 있었지만, 전쟁이 끝나는 것을 보고 싶었기에 아무도 하지 않는 일을 맡아가며 1953년 11월까지 한국에 머물렀다. 전쟁 후에도 그는 항공 산업에 종사했으며, 1996년에 은퇴 후 지역사회에서 여러 봉사를 하며 현재까지도 건강하게 지내고 있다.

임무를 마쳤는데도 한국에 계속 머문 이유를 물어봤을 때, "전쟁이 끝났을 때에야 임무가 끝난 것 같았다"는 대답을 들을 수 있었다. 전쟁에 대한 그의 열정은 어딘가 남달랐다. 그를 들끓게 만든 동력은 짐작하기 어렵지만, 그 끓어오르는 감정만큼은 충분히 알 수 있었다. 지금의 프로젝트를 진행하는 나의 마음과 너무도 닮아 있었으니까. 과연 나는 임무를 무사히 완수할 수 있을까? 일단은 아무도 하지 않는 일을 열심히 수행하는 중이다. 브래들리 선생님이 그랬듯이.

브래들리 선생님의 봉사 현장 사진.

노먼 보드
Norman F. Board

사선에서

◇◇◇◇◇◇◇◇◇◇

노먼 보드 선생님과의 첫 만남은 2019년 5월, 조지아 애틀랜타의 어느 한 식당에서였다. 흔들리는 메달이 서로 부딪쳐 땡그랑 소리를 내며 빛났다. 정복을 입은 그의 눈빛은 자부심이 가득하면서도 한편으로 슬퍼 보였다. 수많은 전우와 함께 한국으로 갔지만, 미국으로 귀환할 때는 그들을 차가운 땅에 두고 올 수밖에 없었다는 무거운 심정 때문일까.

그는 미군 역사상 최악의 전투라 불리는 장진호 전투 참전용사이다.

1932년 1월 4일 미국 버지니아에서 태어난 그는 고등학교에 다닐 때, 미 해병대 모병관과 정복을 입은 군인들의 모습을 보고 감명을 받아서 친구들과 함께 1949년에 입대했다. 그는 '마린 리저브'에 지원했는데, 상시 근무하는 군인이 아니라 해외 파병이나 특수 임무에 배치되는 군인이었다.

버지니아 비치에 있는 캠프에서 훈련받는 도중에 한국전쟁이 발발하면서 미 해병대 전체에 참전 명령이 떨어졌다. 그 또한

인천상륙작전의 성공으로 선생님은 일본에서 대기하다가 1950년 11월 2일 원산에 상륙했다.

중공군 총을 획득한 노먼 선생님.
흥남 철수 때 가지고 오고 싶었지만 지휘관이
안 된다고 해서 아쉽게 놓고 왔다고 한다.

캘리포니아의 캠프로 보내졌고, 그곳에서 10월 1일까지 전투 훈련을 받은 뒤 한국으로 보내졌다.

그는 원산 해안가에 있는 캠프에 배치되었다. 캠프에 가까이 가니 상병 하나가 날아가는 오리를 쏘았다. 총에 맞고 떨어진 오리를 주더니, 그를 KP*에 배치했다. 따뜻하면서 먹을 것이 있는 곳에서 근무를 할 수 있어 결과적으로 행운이었다. 처음에는 2주 동안 매일 커피 만드는 일만 했다. 큰 쓰레기통에 물을 붓고 커피가루를 섞은 뒤 밑에 폭약을 두고 불을 붙이면 빠르게 물이 끓어 커피가 만들어졌다고.

어느 날에는 부대원과 정찰하던 중 숨어 있는 3명의 중공군을 발견해 체포해서 본부로 끌고 갔지만, 당시 맥아더 사령부는 중공군의 개입을 믿지 않았다.

선생님은 그때를 회상하며 덧붙였다.

"만약 그때 우리의 이야기를 조금이라도 귀담아들었다면 지금의 한반도는 어땠을까. 함께 해병대에 입대했던 빌, 밥, 조이

---

* Kitchen Police. 작전지에서 설거지 등의 잡일을 맡는 보직.

도 살아 있겠지……."

이후 전투에 개입한 중공군이 밤마다 해병대 진지를 기습하고는, 미군이 야광탄을 쏘아올려 전투를 시작하려고 하면 도망가버리는 상황이 며칠 동안 반복됐다. 그 공포심과 피곤함은 말로 표현할 수 없을 정도였다고.

1950년 11월 27일 늦은 밤, 중공군은 대규모 인해전술 작전을 벌여 해병대 진지로 쳐들어왔다. 기온이 영하 20도 이하로 떨어질 정도로 추운 날씨였다. 그러나 중공군은 끊임없이 기관총 진지로 달려왔고, 그는 밀려오는 적을 향해 쏘고, 쏘고 또 쏘았다. 영하의 날씨에도 기관총의 총열은 식을 줄 몰랐다.

중공군은 총도 없이 달려오다 죽으면 뒷사람이 앞사람의 총을 가지고 다가왔다. 아침에 공격당한 진지를 보수하며 살펴본 결과 그날 밤 노먼의 총에 맞아 죽은 중공군은 325명이었다.

장진호에서 철수하여 흥남에 도착한 날짜가 12월 20일, 이미 모든 배는 북한 지역 피난민으로 가득 차 있었다. 서 있을 자리조차 없었지만, 다행히 일본 선장이 자기 숙소를 쓰라고 해서 선생님은 숙소에 들어가 목욕을 하고 쉴 수 있었다.

장진호 전투에 관해서 인터뷰하는 노먼 보드 선생님의 모습.

노먼 보드 선생님이 한국에서 찍은 사진들.

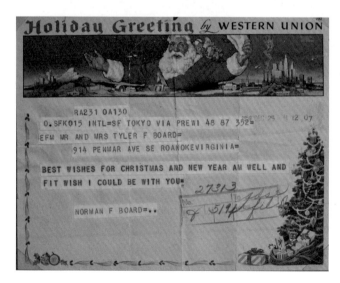

당시 선생님이 보냈던
크리스마스 전보.

원산의 해병대 캠프 모습.

아래는 한강 다리에서
수영하는 노먼 선생님.

our tents

Rowland + Westeum.

'me'

WONSAN KOREA
Nov. 5, - Nov. 24, 1950

Rowland + me.

"Blue bench."

Mess Seargeant

"In the Han"

"I + a + me"

HAN RIVER
railroad bridge

the "farmers"

Peters + Pelleg at Va. beach.

FRANKS — H. Cab.

2020년 5월 28일, 한국전쟁 참전용사를 위한 클래식 팀
'String for Service'가 미국 국가, 애국가 등을 연주하는 모습이다.

일본으로 철수하는 줄 알았는데, 배에서 내리고 보니 부산항이었다. 항구 근처에서 전보를 보낼 수 있어서, 누군가 부모님들에게 전보를 보내면 어떻겠냐는 제안을 했다. 돈 없이는 전보를 보낼 수 없어서 비용을 마련하기 위해 밤에 군수품 창고를 털어 블랙 마켓에 팔기도 했다.

그렇게 그가 보낸 전보는 1950년 12월 25일, 크리스마스 날 도착했다. 그때 전보를 전달하는 직원들은 유니폼을 입었는데, 참전했던 군인들의 소식을 전달하기 위한 최소한의 예의였다. 대다수의 전보가 전사 통보였으니까.

노먼 보드 선생님의 아버지가 현관문을 열자, 그의 어머니는 유니폼을 입은 직원을 보고 흐느끼며 그대로 주저앉았다. 아들 노먼이 죽은 줄 안 것이었다. 아버지가 떨리는 손으로 전보를 열어보니 잘 있다는 안부 인사와 함께 크리스마스를 같이 보내고 싶다는 내용이 적혀 있었다. 1951년 12월 초, 그는 고향에 도착해서 크리스마스를 가족과 보냈다. 1952년 8월에 마린 리저브를 전역해 지금까지도 건강하게 지내신다.

촬영이 끝나고 집으로 돌아가실 때 작별 인사를 위해 선생님의 차까지 같이 갔다. 문 여는 소리가 들려서 보니 기아의 텔루라이드가 아닌가.

"이거 막 출시된 기아 차 아닙니까?"

"맞아. 이거 사려고 조지아 공장까지 가서 계약하고 픽업해 왔지. 내가 아마 조지아에서 세 번째로 구입한 사람이라나. 막 출시된 차라서 프리미엄 3천 불을 더 받는다고 이야기하길래 턱도 없다고, 한 푼도 더 못 주니 당장 계약하자고 으름장을 놓았어."

물론 한국전쟁 참전용사 이야기도 빼먹지 않으셨단다. 이제까지 2대의 롤스로이스, 5대의 벤틀리, 아우디 등을 소유했지만 기아의 텔루라이드가 최고라고 덧붙이셨다. 끔찍한 한국에서의 기억에도 불구하고, 선생님은 여전히 한국을 아끼고 계셨다.

기아 텔루라이드 앞에 선 노먼 보드 선생님.

헤르만 반 데 릴리

Herman van der Leelie

용사는 때로 외면받는다

2017년 저녁 8시경, 서울의 한 호텔 로비에 여러 참전용사분과 가족들이 도착했다. 그중에서 단단한 몸에 멋진 콧수염, 포스가 느껴지는 군복을 입은 한 용사분이 눈에 들어왔다. 그의 옆에는 그와 닮은 아들이 서 있었다. 촬영 후 "Thank you for your service." 정도의 짧은 인사를 나눈 게 전부였지만, 그날 촬영했던 50여 명의 참전용사 중 가장 기억에 남은 분이었다.

2019년 상이군경회가 주최한 한국전쟁 참전용사 한국 방문 행사에서 그를 다시 만났다. 서로의 이름도 모르지만, 2년 전의 짧은 만남을 기억했는지 그와 나는 첫눈에 서로를 알아보며 밝게 인사했다. 그에게 2년 전 사진 찍었던 날을 기억하냐 물어보았더니, 그 당시 사진을 잘 간직하고 있다며 한마디 덧붙여주었다.

"Best photographer."

그리고 그때의 인연이 페이스북을 통해 다시 연결됐다. 그분

의 아들이 아버지의 한국전쟁 참전 스토리를 담은 책과 웹사이트를 만드는 중인데, 내가 찍은 사진을 사용하고 싶다는 메시지가 온 것이었다. 기쁘게 수긍하면서 선생님의 근황을 물어보니, 건강히 잘 계신다고 했다.

두 번 만나기는 했지만 이야기를 나누기에는 너무 짧았다. 네덜란드 참전용사의 이야기를 더 듣고 싶어, 화상 인터뷰를 진행했다. 그때의 인터뷰 내용을 옮겨본다.

선생님은 전쟁이 끝난 후로 2017년에 한국을 재방문했는데, 실은 10여 년 전부터 네덜란드 국방부에서 한국에 방문할 의향이 있냐고 물어봤지만 매번 거절했다고. 이유를 물어보는 국방부에 "그냥 싫어. 안 가!" 하고 화까지 냈다고 한다.

수십 번의 회유와 부탁에도 완고했던 그가 한국에 다시 방문했던 이유는 아들 때문이었다. 아들이 아버지가 참전했던 한국이라는 나라를 궁금해했고, 한국을 직접 보고 싶다는 아들의 한마디에 한국행을 결심한 것이다.

도착하자마자 선생님은 눈이 튀어나올 정도로 놀랐다고. 주위를 두리번거리며 '정말 여기가 내가 왔던 한국 맞나?' 싶어 본인의 기억이 잘못된 것이 아닌가 의심했다고 한다. 분명 모든 것이 파괴되어 굶주리고 있던 한국인들이었는데……

한국의 발전된 모습을 보며 더 좋아했던 것은 아들이었다. 아버지의 희생으로 지금의 대한민국이 만들어졌다는 사실에 고마워하는 대한민국 국민들을 만나니, 네덜란드에서 푸대접을 받는 아버지가 안타까워 울었다고 아들은 고백했다. 그때 헤르만 선생님의 마음속 깊이 있던 상처는 치유되고, 숨어 있던 명예와 자부심은 올라왔을 것이다.

지금 그의 아들은 아버지의 이야기를 담은 웹사이트와 책을 만들고 영어로 번역하고 있다. 사실 선생님은 어느 누구에게도 한국 이야기를 안 했는데, 너무나도 잔혹했고 아픈 기억들만 가득한 그곳의 이야기를 들은 누군가에게 상처 주고 싶지 않았기 때문이라고 했다. 그렇게 혼자서 기억을 써 내려가며 본인이 죽기 전까지는 아무에게도 보여주지 않으려 했다. 그 소중한 자서전을 한국에 방문한 뒤 아들에게 보여주었던 것이다. 많은 참전용사에게 들은 대로였다.

'전쟁에 의한 PTSD를 이렇게 치유할 수 있구나.'

1931년 10월 15일 네덜란드의 덴헬데라는 바닷가의 작은 마을에서 태어난 헤르만은 1944년부터 3년 동안 인도네시아의 포로 캠프에서 지냈다. 그 당시 네덜란드가 인도네시아를 점령하고 있었는데, 2차 세계대전 태평양 전선에서 일본군이 전세를 확장하면서 인도네시아를 점령했기 때문이었다. 그곳에서 풀려나 네덜란드로 돌아온 것이 1947년이었다.

당시 15살이었던 그는 포로수용소에 있는 동안 학교에 다니지 못해 우리로 치면 초등학교 1학년에 입학해야 했고, 남자로 변해가는 과정에 있던 그는 책상에 몸이 꽉 껴서 앉을 수가 없었다. 더욱 버티기 힘든 것은 학교 선생님들의 태도였는데, 당시 네덜란드 사람들이 인도네시아에서 온 자국민들을 경멸했기 때문이었다. 그들이 인도네시아 사람들을 괴롭혔다고 생각해서인지, 그와 그의 여동생을 심하게 혼내며 학대했다. 상황이 심각해지자 학교를 뛰쳐나왔지만 학교 졸업장도 없이 할 수 있는 일은 제한적이라 힘든 나날을 보내야 했다.

결국 먹고살기 위해 17살의 헤르만은 네덜란드 해군에 입대했다. 1년은 남아프리카, 그다음 1년은 남미, 그리고 또 1년은 마이카, 킹스턴 등지를 돌다가 암스테르담으로 귀환했다. 그때 같이 어울려 다니던 전우가 존 브루링이라고 한다. 그 또한 한국전쟁 참전용사인데, 무술가로 유명하다.

당시 가족사진과 캠프의 전경.

해군에 입대한 헤르만 선생님.

그러던 어느 날 존이 말을 꺼냈다.

"저 멀리 동양의 한국이란 나라에서 전쟁이 났다는데, 거기 우리 참전해보지 않을래?"

21살이었던 그는 일단 상의 좀 해보겠다고 둘러댄 뒤 아버지에게 이야기했더니, 단칼에 잘 다녀오라며 매우 쿨하게 말씀하셨다고 한다. 네덜란드 육군으로 자원하여 코만도 훈련을 받은 그는 함선을 타고 3주에 걸쳐 부산항에 도착했다.

같이 갔던 전우들은 낯선 분위기에 긴장했지만 그는 17살부터 전 세계를 다니며 여러 문화에 익숙했고, 특히 인도네시아에서 일본 문화도 많이 접했기에 쉽게 적응할 수 있었다. 그러나 적응과 관련 없이 한국의 기억은 끔찍하다고 말했다. 악천후 속에서 치렀던 수많은 전투의 기억들로 그의 인상이 찌푸려졌다.

당시 그는 전진 초소에 근무하면서 언제나 중공군과 북한군의 위협에 긴장해야 했는데, 가장 화났던 일은 밥에 관한 문제였다. 진지가 높은 곳에 위치해서 밥차가 오는 것을 볼 수 있는데, 한번은 그 길에 중공군과 북한군이 수백 발의 박격포탄을 쏴서 이리저리 피하는 밥차에 명중시킨 것이다. 훨훨 타오르는 밥차를 보며 다음 식량 보급까지 일주일가량 굶으면서 버텨야 했다고.

또 한번은 전투 중 수많은 박격포탄이 머리 위로 날아다니는데, 그중 하나가 바로 옆에 떨어지면서 폭발 반동으로 몸이 튕겨나갔다. 그 사건으로 그는 한쪽 귀가 거의 안 들리고, 왼팔에 수십 개의 파편이 박히는 부상을 입었다. 당시에 모든 파편을 제거할 수 없어서 일부를 놔두었다가 10년 뒤에 제거했다고. 선생님은 제거하고 나니 팔이 좀 가벼워진 것 같다는 농담을 빼놓지 않았다.

1953년 휴전 협정 후 네덜란드로 귀국했지만, 그를 기다리는 것은 환영이 아니라 '동양에서 돌아온 살인자, 죽지 왜 돌아왔냐'라는 피켓을 든 성난 네덜란드 국민들이었다.

2차 세계대전 당시 독일군이 네덜란드를 점령했을 때, 네덜란드 군의 일부가 나치에 협조했기에 국민들에게는 군을 혐오하는 정서가 짙게 깔려 있었다. 게다가 한국전쟁에 참전한 3,500명의 군인이 모두 자원자들이었기 때문에 더욱 눈총을 받았다.

선생님은 사람들이 부정적인 시선으로 바라보아도 굴하지 않고 언제나 군복에 한국전쟁 참전 기장을 달고 다녔다. 그리고 한 달 동안 휴가를 보내며 모은 돈을 탕진했다. 휴가 후 군에서 장기 복무할 지원자를 찾아 복귀해보니 한국전쟁 참전용사 중 그를 제외한 누구도 지원하지 않았다. 하사로 임관한 그는 20년간 네덜란드 육군으로 복무했다.

한국전쟁 기장과 관련하여 선생님이 겪었던 슬픈 사연이 참 많다. 하사로 임관하기 위해 군사학교에 들어갔을 때, 교수로 있던 한 대위가 가슴에 단 기장이 무엇이냐고 물어봐서 한국전쟁 기장이라고 대답했더니 그런 것은 들은 바가 없으니 떼라고 했던 적이 있었다고. 승진을 하고 교육을 받으러 갈 때마다 이 상황은 계속 반복되었다.

어느 군 행사에 참여했을 때는 여왕과 만날 기회가 있었는데, 행사를 준비하던 장교가 오더니 한국전쟁 참전 기장은 군에서 허가되지 않는 것이라며 떼라고 했다.

이후 다른 부대에 부임하던 날, 부대의 지휘관이 와서 똑같이 기장을 떼라고 명령했을 때 선생님은 한국전쟁에 다녀온 사실을 더 이상 숨길 이유도 없었거니와, 스스로 한국전쟁 참전 기장을 떼어버리는 불명예스러운 일을 참고 싶지 않아서 그날로 군복을 벗고 군에서 나왔다. 군 내부에서도 이런 취급을 받았으니, 국민들이 어떻게 생각할지는 안 봐도 뻔하지 않은가. 그러나 선생님은 지금까지도 한국전쟁에 참여한 것을 자랑스럽게 생각하고 계신다.

한 사람의 신념은 다수의 의지보다 강렬할 수 있다. 2차 세계 대전을 겪은 뒤 전쟁과 군인에 대해 부정적인 인식을 품은 네덜란드 국민들의 심정도 이해가 가고, 자유와 민주주의를 수호하기 위한 전쟁에 참여했다는 긍지를 품은 헤르만 선생님의 심정도 이해가 간다. 관점의 차이에서 오는 사건의 해석은 잘잘못을 가릴 만한 성격의 문제는 아니다. 다만 그 해석이 강요되었을 때 서로를 상처 입히게 되는 것이다. 헤르만 선생님은 무덤덤하게 말씀하셨지만, 나는 그 너머의 깊은 흉터를 엿보고 온 기분이었다. 부디 선생님의 신념이 더 이상 상처받지 않기를.

백선엽

한 명의 사람으로서

2020년 7월 10일 오후 5시 45분, 문자가 하나 왔다.

"아버지 돌아가셨습니다."

백선엽 장군이 별세했다.

백선엽 장군의 이름에 대한 나의 기억은 Project-Soldier의 시작과 같이 했다. 2013년 육군 1사단의 부대 소개 영상을 제작할 때, 사진 및 영상 촬영을 '백선엽 장군 홀'에서 진행했기 때문이다. 그때는 막연하게 언젠간 그분을 만나서 사진을 찍어보고 싶다고 생각해봤다.

이후 군과 인연이 되어 Project-Soldier 작업을 위해 많은 군부대를 다니며 사진을 촬영할 때마다 관계자분들이 백선엽 장군님을 찍어야 한다며 추천했다. 대한민국을 대표하는 군인 중 한 분이기 때문이라고.

2014년부터 백선엽 장군과 연이 있는 분들을 통해 사진 촬영

을 무려 여섯 번이나 요청했다. 그러나 언제나 정중하게 사양하셨다. 건강상의 이유라고 답하셨지만 속으로 '아직 내가 무명작가라 그런가? 그래도 다음 기회가 있겠지'라는 생각을 하며 더 많은 군인과 참전용사를 찍었다. 이등병부터 포 스타까지. 아마 대한민국에 나만큼 군인을 많이 찍은 사진작가도 드물 듯하다.

2019년 9월 어느 날 아침, 출근길에 모르는 번호로 전화가 왔다. 해외에서 오는 스팸 전화 같아서 받을까 말까 고민하다가, 좋은 느낌이 들어 통화 버튼을 눌렀다. 수화기 너머로 중년의 여자분이 반갑게 인사를 했다. Project-Soldier 작업을 미국 신문에서 보고 나에게 전화를 한 것이었다.

그녀는 아버지가 한국전쟁 참전용사인데 사진 촬영이 가능한지 물었다. 나는 흔쾌히 수락했지만 미국의 경우 경비를 마련해야 해서 늦어질 수 있다고 설명했다. 그랬더니 그녀는 자신은 미국에 있으나 아버지가 한국에 계셔서 곧 한국에 온다고 했다. 아버지가 고령이기 때문에 하루라도 빨리 사진으로 남기기를 원했다. 한국에 계신 그분의 아버지에게 연락드리기 위해 존함과 연락처를 물어보았는데……

"아버지 이름은 백선엽입니다."

그 순간 소름이 돋았다. 그토록 만나뵙고 사진으로 기록하고 싶었던 백선엽 장군님의 따님이 직접 아버지의 모습을 기록해달라며 전화를 하다니……. 일곱 번만에 소원을 싱취할 수 있었다.

9월의 어느 날, 전쟁기념관에 있는 백 장군님 사무실로 향했다. 사진 촬영을 위해 이발을 하고 오셔서 살짝 늦을 수도 있다는 전화를 받고 기다리는데, 몹시 떨렸다. 그간 수많은 군인과 참전용사를 만나고 사진으로 기록했지만, 그분을 어떻게 담아야 할지 머릿속이 하얘져 도통 감이 오지 않았기 때문이다.

그때 엘리베이터 문이 열리더니 키가 작고 고운 할머니 한 분이 내리셨다. 백 장군님의 사모님이었다. 미국에 있는 딸에게 이야기 들었다고, 오늘 잘 찍어 달라며 웃으면서 부탁하셨다. 그 순간 머릿속에 '역시 솔직하게 있는 그대로의 모습을 담자'는 생각이 들었다.

사무실에 가구가 있어 의자를 치우고 공간을 만들었다. 사실 그 공간에는 선생님과 함께 찍고 싶은 것들이 너무 많았다. 그

렇기에 더욱 상징적인 것이 필요했다. 대한민국을 지켜낸 군인이니만큼 거대한 대한민국 지도가 가장 어울릴 것 같다는 생각이 들었다.

이어서 백선엽 장군님이 세팅된 스튜디오로 들어와 카메라를 바라보셨다. 나는 셔터를 눌러 순간을 기록했다. 나중에 사진을 본 따님은 아버지가 전쟁에서 분투하던 때의 눈빛을 그대로 담아주어서 고맙다고 하셨다.

한 달 뒤 백 장군님 댁으로 두 번째 촬영을 갔다. 보통 집은 삶이 녹아 있는 공간이기에 언제나 찍을 거리가 많다. 그러나 이번 경우는 달랐다. 첫 번째 촬영에서 '노병은 죽지 않는다. 다만 사라질 뿐이다'라는 말처럼 강직한 군인의 모습을 기록하고 싶었다면, 두 번째 촬영에서는 사람 백선엽을 담고 싶었다.

단순한 공간이 오히려 생각을 복잡하게 만들던 와중에 따님의 한마디가 영감을 주었다.

"아버지 집에 오면 언제나 창밖을 같이 바라보는 사진을 하나 찍고 싶었어요."

나는 강한 사진을 추구해서 인물이 정면으로 카메라를 바라보는 것을 좋아한다. 그러나 강함은 부드러운 것에서도 얼마든지 나올 수 있다. 곧 100세가 되는 시점에서 지나온 인생을 생각하며 가족과 함께하는 사람, 인생의 희로애락을 경험한 뒤 그 감정들이 삶에 녹아 있는 사람은 놀랍도록 단단하다.

구도를 잡고 뷰파인더에 눈을 가져다 댄 순간, 영화 〈월터의 상상은 현실이 된다〉의 한 장면이 떠올랐다.

히말라야에서 눈표범을 발견한 어느 사진작가는 촬영을 하지 않고 눈표범을 바라보며 이렇게 이야기했다고 한다.

"가끔 안 찍을 때도 있어. 순간을 마치고 싶지 않아서. 그저 머물 뿐이야. 지금 이 순간을."

나 역시 한참을 바라보았다. 노부부가 서로를 바라보며 손을 꼬옥 잡은 그 풍경을.

전쟁을 경험했던 참전용사로서 자신이 무기나 도구가 된 것 같은 경험이 무수했을 것이다. 군인도 한 명의 사람이라는 사실

을 종종 잊어버리는 사회적인 인식은 더 말할 것도 없다. 나 또한 이번 작업을 통해 백선엽 장군님의 모습에서 '한 명의 사람'을 발견할 수 있었다. 한 명의 아버지, 한 명의 남편, 한 명의 사람. 너무도 따뜻하고 너무도 인간적인.

전쟁이 남긴 파편

2019년 10월, 시애틀 북쪽의 중식 뷔페 식당에 국군 참전용사 선생님들이 한 분씩 모였다. 오리건 한국 명예 영사 그렉 카드웰의 소개로 시애틀에 거주하는 한국전쟁 국군 참전용사분들을 만나는 날이었다.

국군 참전용사와 외국군 참전용사를 처음 만날 때의 느낌은 어딘가 다르다. 국군 참전용사분들이 좀 더 낯설다고 할까. 무엇보다 그분들의 눈빛에는 '한'이 서려 있다.

살짝 어색한 분위기를 깨고 왜 여기까지 왔는지, 왜 사진으로 당신들을 기록하고 싶은지 설명하니 그분들은 고개를 살짝 끄떡이며 미소를 지었다. 첫 번째 참전용사분을 설치한 스튜디오에 모시고 사진 촬영을 시작했다.

촬영 스팟에 선 참전용사분들은 누구나 70여 년 전의 그날로 돌아간다. 카메라 뷰파인더를 통해 그분들의 눈동자를 바라보면, 다른 것이 얼핏 비친다. 그 순간 그분들은 다른 것을 보고 계신다. 죽어가는 전우들을 보고, 사방에서 울리는 포탄 소리와 비명을 듣는다. 그러다 내가 외치는 "하나, 둘, 셋" 소리에 다시 현실로 돌아온다. 나는 셔터를 눌러 그 순간을 사진으로 기록한다. 전쟁이 남긴 파편이 그렇게 사진으로 현상現像된다.

그날은 국군 참전용사 대표로 예비역 소령 윤영목 회장님과 인터뷰를 했다.

1950년 6월 25일 한국전쟁이 터졌을 때 윤 회장님은 18살, 경북중학교에 다니던 6학년 학생이었다. 졸업 후 바로 간부 후보생에 지원하여, 두 달간의 보병 훈련과 한 달간의 포병 훈련을 마치고 육군 소위로 임관해 18포병대대에 배속되었다. 중공군의 개입으로 후퇴하여 대구에 주둔해 있었던 18포병대대의 분위기는 사뭇 달랐다. 다들 북진에 대한 집념으로 사기가 충만했다. 그 후 여러 전투를 치르며 안동, 동해안을 거쳐 철의 삼각지대인 철원에 부임했다.

선생님은 잠시 침묵하다가 낮은 목소리로 말을 이었다.

"김영국 중위가 보고 싶다."

전쟁에서는 많은 군인이 죽는다. 숫자로만 요약되는 그들의

강원도 홍천 지역에서 촬영한 국군 참전용사의 사진.

인터뷰를 해주신 윤영묵 회장님.

희생은 좀처럼 무겁게 다가오지 않는다. 그러나 가장 친한 전우를 잃은 윤 회장님의 슬픔은 70년이 지난 지금도 여전히 진행 중이다. 참전용사의 가슴속에는 지울 수 없는 기억들이 가득 차 있다. 그분들이 영웅이라 불리는 이유는 어쩌면 절대로 지워지지 않는 기억을 안고서 삶을 살아내기 때문 아닐까.

유엔군 참전용사분들과 작업하다 보면, 개인적으로 소장하시는 한국전쟁 관련 사진이나 기록물을 꽤 많이 접할 수 있다. 이러한 것들은 국군 참전용사분들에게서는 찾아보기 어렵다. 그러나 그분들은 더 소중한 것을 갖고 계신다.

"그때 우리는 아무것도 몰랐다. 다만 나라를 지키겠다는 의지 하나만으로 버텼다."

나라를 지키겠다는 의지는 무엇보다 소중한 사재史材이다.

늦었지만 한 분 한 분 사진으로 기록하고 촬영한 결과물을 선생님들께 보여드렸다. 눈동자 속으로 빠르게 지나가는 또다른 모습들이 보인다. 잠시 후 입가에 살며시 미소가 번진다. 한 분은 이렇게 이야기하셨다.

"우리가 국군 참전용사로서 나라를 지켰지만, 그 대우를 못 받았다고 생각해 서럽고 한이 많은 것은 사실이다. 근데 이렇게 사진으로 찍힌 내 모습을 보니까 되었어! 난 우리나라 지켰으니까 된 거지. 앞으로는 너희가 잘하면 돼. 내 역할은 거기까지였던 거야. 고맙네! 자네 덕분에 우리가 가지고 있던 한이 풀린 거 같아. 고마워……."

눈물이 핑 돌았다. 그동안 꾹꾹 눌러왔던 국군 참전용사의 한을 조금이라도 덜어주었다는 것에 감사하면서도 조금 더 일찍 왔어야 했다는 생각도 들었다.
촬영이 끝나고 돌아가는 길, 몇몇 참전용사의 사모님들이 내게 말씀하셨다.

"다음에 우리 집에서 밥 한 끼 먹고 가. 챙겨줘야겠어 나도……."

정확히 어떤 감정에서 이 프로젝트를 시작했는지 모르겠다.

의무감이었을까. 감사함이었을까. 나의 감정과는 상관없이 그분들은 너무 죄송스럽게도, 또 감사하게도 '챙김받았다'는 생각을 품고 있었다. 얼마나 많은 사람들이 그분들을 외면해왔던 건지, 그간의 세월이 짐작되기도 했다.

지금 이 프로젝트가, 나의 이 기록이 오랫동안 챙김받지 못한 분들에게 닿기를 간절히 바라며 오늘도 마음을 다듬는다.

로버트 보스트윅

Robert B. Bostwick

Forget? Never!

보스트윅 선생님은 KWVA 유니폼을 입고 촬영하면 어떻겠
냐는 나의 요청에 이 티셔츠가 좋으니 그대로 가자고 하셨다.
티셔츠엔 이렇게 적혀 있었다.

'Forget? Never!'
(잊었나? 절대!)

현재 머물고 있는 애틀랜타에서 약 3시간 반 정도 걸리는 거
리에 위치한 사우스캐롤라이나 캠포벨로로 찾아갔다.

큰 덩치에 붉은 셔츠를 입고 있던 보스트윅 선생님은 88세의
나이에도 불구하고 마치 군대의 주임원사처럼 강한 포스를 가
지고 있었다. 오늘은 더 용감하고 강인한 이야기를 들을 수 있
을까 싶어 기대에 부풀었다. 그러나 인터뷰를 하는 그의 눈과
입에서는 두려움과 공포 그리고 분노가 흘러나왔고, 나는 88세
의 강한 참전용사가 아닌 17세의 어린 군인을 만나고 있었다.

1932년 마이애미에서 태어난 그는 1950년 사우스캐롤라이나 캠포벨로에 있는 미 육군 부대에 입대했다. 그곳에서 병참 보급 주특기 교육을 이수하고 1951년 3월 한국에 도착했다.

그의 임무는 최전방에서 싸우고 있는 병사들에게 깨끗한 세탁물과 샤워장을 제공하는 것이었다. 쉬운 임무였고, 나름 만족했다고 선생님은 회상했다. 그러나 한 달 뒤 중공군의 대공세가 시작되며 그의 운명도 바뀌었다.

자료를 찾아보니, 선생님이 말한 전투는 중공군의 5차 공세혹은 춘계 공세라고 불린다. 이 전투는 유엔군과 중공군의 힘대결로, 한국전쟁 개전 이후 최대 규모의 충돌이었다고 한다.

보급 병과였던 그 역시 보병으로 바뀌어 최전방에 소총수로투입되어야 했다. 그렇게 몇 달을 버티자 중대에 BAR* 사수가전사해 BAR 사수가 되었고, 다시 몇 달 뒤에는 기관총 사수가전사하여 그 자리를 이어받았다.

선생님은 그때의 전투에서 만났던 중공군들을 벌떼라고 표현했다. 사방에서 다가오던 중공군들은 벌떼처럼 앵앵거리며, 시

---

* Browning Automatic Rifle. 미국의 자동소총.

한국전쟁에 참여하기 전의 보스트윅 선생님 사진.

보스트윅 선생님이 그 당시 사용한 포켓 나이프와 받은 훈장과 부대마크 등.

체들을 밟고 끊임없이 다가왔기 때문이다. 그는 결국 개인 호가 함락되기 직전 수류탄을 던져 폭파시키며 그대로 언덕 밑으로 굴러떨어졌는데, 하필 굴러떨어진 곳이 중공군 진지여서 바로 붙잡혔다. 옆에 있던 기관총 사수 조지도 같이 잡혔는데, 다른 방향으로 끌려갔고 그것이 그가 본 조지의 마지막 모습이었다.

부상이 심했지만 치료도 없이 그대로 북쪽의 포로수용소로 끌려가야 했다. 포로수용소를 향해 걸으면서 그는 한국으로 오는 수송선에서 만났던 어느 병장의 충고가 생각났다. 절대 중공군이나 북한군에게 잡히지 말라는 것이었다. 당시 그의 충고를 진지하게 받아들였던 로버트는 작은 포켓 나이프 하나를 군화 속에 숨기고 다녔다.

포로로 잡혔을 때, 어머니가 보내준 카메라와 그동안 찍어놓은 필름 수십 롤, 현상한 사진까지 가지고 있던 모든 소지품을 빼앗겼다. 다행히 군화 속 포켓 나이프는 안전했다.

며칠 동안 포로수용소가 있는 북으로 이동했고, 밤에는 주변의 판잣집에 들어가 잤다. 칠흑 같은 어느 밤, 그는 중공군들이 잠들기를 기다렸다. 주변이 조용해지자 군화 속의 포켓 나이프를 꺼내 포박을 자른 뒤 보초에게 슬금슬금 다가가 그대로 처리했다. 비명 한마디 지르지 못한 중공군 보초를 뒤로하고 그는 남쪽으로 뛰었다.

며칠 동안 몇 번이고 위험한 순간이 왔지만 붙잡히지는 않았다. 마침내 아군 진영에 도착한 그는 부상이 심해 그대로 쓰러졌고, 헬기로 이송됐다. 더 집중적인 치료를 받기 위해 일본으로 후송되어 3개월을 보냈다. 그는 한국전쟁에 재투입될 날을 기다리고 있었지만, 날짜가 너무 지나버렸다는 이유로 미 육군은 그를 제대시켰다.

1953년, 일반 시민으로 고향 플로리다에 돌아왔지만 그는 예전의 그가 아니었다. 도저히 일상생활에 적응할 수 없어서 힘들어했다. 그의 가장 친한 친구는 술이었고, 몇 년간 미국 전역을 떠돌며 전쟁의 상처가 아물기를 기다렸으나, 정신적으로도 육체적으로도 감당하기 힘들었다. 일자리를 찾기 위해 수없이 노력했으나 쉽지 않았고 직장을 구해도 몇 달 버틸 수 없었다. 그러다 겨우 사업을 시작해 1992년 은퇴할 때까지 일했다.

그는 약 50년 동안 한국전쟁의 경험에 대해서 아무에게도 이야기하지 않았다. 전쟁에서 돌아온 아들의 안부를 묻는 어머니와 첫 번째 와이프에게는 절대 비밀이었다.

왜 그랬냐는 나의 질문에 그는 포로로 잡힌 것이 부끄러웠다고 했다. 또 주변 사람들이 걱정할 만한 내용은 힘들더라도 말하지 말아야 한다고 믿었다고 답변했다.

지금의 아내와 결혼한 후 술과 담배를 끊었지만, 전쟁의 후유증으로 여러 문제가 많았다. 악몽을 꾸는 것은 물론, 전우들의 시체가 환영으로 보였다고.

아내의 설득으로 병원에 상담을 받으러 가서 많이 좋아졌으나 여전히 악몽을 꾼다고 했다. 그러면서 아내가 없었으면 지금을 상상할 수 없었을 거라고 말했다. 나는 조심스럽게 그 악몽에 대해서 이야기해줄 수 있는지 물었고 망설이던 선생님은 이렇게 말했다.

"난 그때 고작 17살밖에 안 됐어. 고지를 뺏은 중공군과 북한군들이 내 전우들의 시체를 어떻게 했는지 보게 된다면 믿을 수 없을 거야. 잔인하다는 말도 부족해. 그들은 악마야. 그곳에 있지 않았으면 절대 모를 거야……."

그러면서 더 이상 말하면 감당하기 어려울 것 같다고 했다.

그는 어깨, 가슴, 다리의 부상으로 여러 차례 수술을 했고, 한

동안 간지러움과 고통으로 걷는 것도 힘들었지만 지금은 많이 좋아졌다. 담배를 많이 피워서 만성 폐질환도 왔지만 그것도 참을 만하다고.

선생님은 자신과 같은 군인들을 위해 여러 참전용사 단체에서 활발히 활동했다. 또 최근까지도 다른 참전용사들과 함께 한국전쟁을 가르치기 위해 초·중·고등학교에 방문했는데 너무 많은 학생이 한국전쟁을 몰라서 갈 때마다 깜짝 놀란다고 했다.

로버트 선생님은 전쟁 이후 한국에 방문하지 않았다. 여러 차례 기회와 요청이 있었음에도 마지막에 고사했다.

"한국으로 돌아가는 내 모습을 상상할 수 없어. 나쁜 기억을 다 잊어버리기 위해 노력했는데, 한국에 간다면 그때의 기억들이 다시 나에게 돌아올 거야. 난 안전한 내 고향 미국에 죽을 때까지 있고 싶어."

많은 참전용사가 전쟁 후 PTSD로 고통스러운 세월을 보내다가, 한국에 재방문하고 나서 그 고통이 치유되는 것을 종종 목격한다. 아마 자신이 수호하고자 했던 자유와 민주주의의 결실

을 직접 확인한다는 점에서 성취감과 안도를 느끼는 것이 아닐까 조심스레 추측할 따름이다. 선생님에게도 언젠가 그 축복이 닿기를.

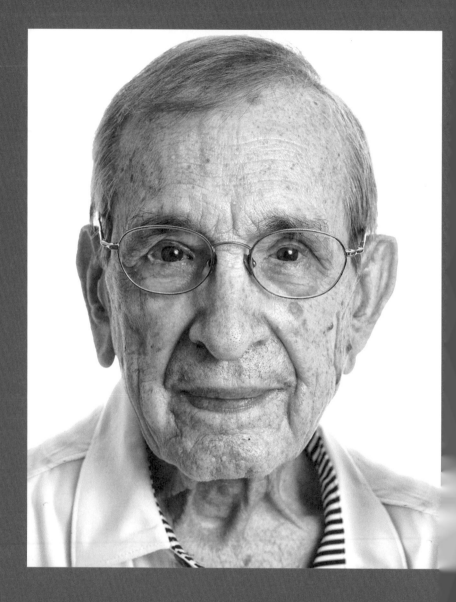

얼 러틀리지
Earl R. Rutledge

.

전장에서의 안부 인사

코로나 상황이 나날이 심각해지던 시기에는 내가 머무는 애틀랜타 주변의 참전용사들에게 한 분씩 연락해서 약속을 잡고 댁에 찾아가는 방식으로 프로젝트를 진행했다.

이번에는 테네시 크록스빌에 사는 한국전쟁 참전용사 얼 러틀리지 선생님을 만나러 갔다. 왕복 약 7시간 정도의 거리였다.

1925년생인 러틀리지 선생님의 가족은 당시 테네시에서 172에이커(약 70만 제곱미터) 크기의 농장을 운영하고 있었고, 곡식을 비롯해 많은 것들을 생산했다. 원칙상 그는 2차 세계대전 징집 대상이었다. 다만 전쟁의 보급품을 생산하는 공장 및 농장의 노동자들은 징집 제외 대상이었고, 그의 농장도 군에 식량을 납품하고 있었기에 면제받았다.

처음 그는 전쟁에 가고 싶지 않았기에 다행이라고 생각했지만, 고등학교에 함께 다니던 친구들이 모두 전쟁에 끌려가서 이건 옳지 않다고 자책했다.

1945년 2차 세계대전이 끝날 때까지 농장 일이 너무 많고 바빠 다른 것은 생각조차 할 수 없었다. 그러나 1946년부터 하나 둘씩 전쟁에서 돌아온 친구들이 대학에 진학하는 것을 보고, 테네시 주립대학에 진학했다. 그곳에서 2년을 공부한 후 일리노이 주립대로 진학하여 다니던 중 1948년 러시아의 베를린 봉쇄 사건이 터졌다.

2차 세계대전이 끝난 후 징병제는 중단되었지만, 이때부터 시작된 냉전으로 많은 병력이 필요해졌기에 1948년 징병제를 재개했고, 그도 강제로 입대해야만 했다.

일본에서 추수감사절을 보낸 그는 맥아더 장군의 "크리스마스 전에 전쟁이 끝날 것"이라는 호언장담에 이번에도 참전의 영광을 놓치고 빈손으로 돌아가리라 생각했다. 그러나 중공군이 압록강을 건너와 유엔군이 밀리고 있다는 소식에 1950년 12월 12일에 1사단으로 편입되어 최전방의 소총수로서 지옥 같은 8개월을 보냈다.

인천에 몰아치는 겨울바람은 처음 겪는 공포였다. 1사단에 찾아가던 도중 얼어 죽을 수도 있겠다는 생각으로 걸었다. 버려진 2층 학교 건물을 사단 본부로 쓰고 있었는데, 그곳에 들어가면 따뜻하겠다는 생각에 멀리서부터 뛰어 들어갔다. 신고가 끝난 후 몸이 식기

일본에서의 러틀리지 선생님.
집으로 보낼 크리스마스 카드에 사진을 같이 보냈다.

군복 착용을 부탁했으나
체중이 많이 나가 이제는 맞지 않는다고 한다.

시작해 따뜻한 곳을 찾아보았으나, 건물 안 모든 창문이 깨져 있었고, 난방은 전혀 안 되어 있는 상태였다. 오히려 찬 바람이 깨진 창문을 타고 복도를 휩쓸어 밖보다 더 추웠다. 전우와 벽에 붙어서 서로의 체온으로 그날 밤을 보냈다.

부대 근처에는 한국 아이들이 언제나 많았다. 미군이 밖으로 나가면 트럭을 따라오거나 손을 벌리며 "짭짭"이라고 소리쳤는데, 먹을 것을 달라는 그들만의 언어였다.

어느 날 본가에서 아주 큰 사탕을 보내왔다. 사람 머리 정도의 사이즈였는데, 조각내서 먹기 위해 땅에 내리쳤다. 그것을 본 한 아이가 와서 "짭짭"이라고 외쳤고, 나는 아이의 입에 사탕 조각 하나를 넣어주었다. 그리고 떠나려는데 뭔가 기운이 이상했다. 뒤에 수십 명의 아이들이 사탕만을 바라보고, "짭짭"이라 외치며 포위하는 것이었다. 놀란 나는 사탕 조각들을 전부 멀리 던져서 포위망을 벗어났다. 아직까지도 사탕을 원하는 아이들의 눈빛이 생각나 무섭다.

나는 카투사 출신 한국 병사와 같이 근무했는데, 그에게 몇 가지 한국말을 배웠다. 춘천에 입성했을 때 많은 환영 인파가 있었는데 나는 며칠 동안 수염을 못 깎아서 덥수룩한 상태였다. 그래서 인파에 끼어 있는 젊은 아가씨에게 수염을 가리키며 "물 줘"라고 했다. 놀란 한국 처자가 부엌으로 뛰어 들어가 바가지에 따뜻한 물을 퍼다 주었다. 면도를 마친 후 바가지를 돌려주며 "고마워"라고 말했더니 또 놀란 처자가 토끼 눈을 뜨며 한참을 바라보았다.

한국전쟁 당시 좋은 기억은 하나도 없었다고 생각한 선생님은 한국을 떠나는 배를 타는 순간 모든 것을 잊기로 다짐했다. 그리고 그의 기억 속에 한국은 영원히 지워지는 듯했다. 지금도 선생님은 70여 년 전의 일이지만, 전투에 관해서는 기억하고 싶지 않다고 잘라 말했다. 아직도 불현듯 떠오르는 전투 생각에 며칠 동안 힘들기 때문이라고.

그러더니 왼쪽 주머니 안에서 작은 포켓 성경 하나를 꺼냈다. 선생님은 전쟁 때 이 성경을 매일 아침, 그리고 두려울 때나 동료의 죽음에 절망할 때 읽었다고 말해주었다.

마태복음 11:28
수고하고 무거운 짐 진 자들아, 다 내게로 오라. 내가 너희를 쉬게 하리라.

이 구절을 읽으면 마음속에 하나님이 함께 있는 것 같아 두렵지 않았다고 한다. 선생님은 하나님께 목숨을 빌거나 어떤 것도 달라고 요청하지 않았다. 다만 주님이 나와 함께 있기만을 원한다고 기도했다. 선생님은 아직도 그 기도를 들은 하나님 덕택에 살아남았다고 믿고 있다.

약 3시간 정도의 인터뷰와 사진 촬영을 마치고, 인사를 하기 위해 들어갔다. 그때 선생님께서 할 말이 있다며 나를 불렀다.

"라미, 너를 만나서 정말 고맙다. 너를 통해 한국 사람들이 우리들을 기억하고 있다는 걸 알았다. 또 우리가 미처 못한 이야기를 기록해 다음 세대에 전달해줘서 고맙다. 계속 연락하고, 건강하게 잘 지내길 바란다. 운전 조심해라."

참전용사분들께 작별 인사를 드릴 때면(다시 만나게 되는 분들도 참 많지만) 늘 안위를 걱정하는 인사말을 남겨주신다. 운전 조심해라, 밥 잘 챙겨 먹어라, 건강한 모습으로 다음에 보자……. 그분들의 안부를 일일이 묻기 어렵다는 현실이 가끔은 원망스럽다.

참전용사분들이 건네주신, 다음을 기약하는 말들이 머릿속에 남아 맴돈다. 이 말들이 프로젝트를 지속하는 원동력이 되어준다고 믿는다.

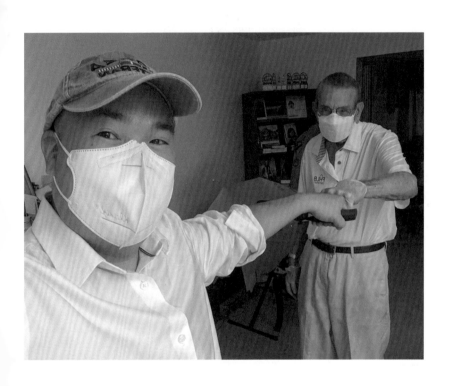

심만수

온몸으로 애국하는 마음

2019년 7월 애틀랜타의 한 교회에 아리랑이 울려 퍼졌다. 아리랑을 들은 한국전쟁 국군 참전용사 심만수 선생님의 표정은 묘했다. 선생님은 짧은 인터뷰에서 6·25가 잊혀가는 안타까운 시절에 이렇게 젊은 사람들이 찾아와 주니 정말 고맙고, 아직 대한민국에 희망이 남아 있는 것 같다고 말씀하셨다.

1년 뒤 2020년 6월, 애틀랜타에서 심만수 선생님을 다시 뵈었다. 교회 목사님으로 계시면서 설교와 봉사활동을 하는 그 역시 코로나로 아무것도 할 수 없는 상황이었기에, 사람들과 떨어진 예배당에서 지낸다고 했다. 예배당이라고 해서 산속의 작은 건물을 생각했는데, 같이 가보니 공원 안에 부러진 나무 기둥이었다. 코로나 이후 교회가 문을 닫게 되어 매일 새벽마다 이곳에 와서 기도를 드린다고.

"나는 쇼와 5년, 일제강점기에 태어난 사람입니다. 나라가 없던 시기에 태어나 살았기에, 되찾은 나라가 얼마나 소중한지 어

렸을 때부터 잘 알고 있었습니다."

1930년 5월 7일에 태어나 일제의 폭정을 겪은 선생님의 고향은 경상북도 김천이다. 김천중학교 4학년 때 한국전쟁이 발발했고, 학도병을 모집한다는 소식에 동아대학교 학도병에 자원했다. 사람이 죽는 것은 한 번뿐인데, 나라를 구하기라도 하고 죽어보자는 생각에 지원했다. 6남매 중 막내였던 그의 다른 형제들은 나이가 많아 참전할 수 없었다. 어린 동생이 학도병으로 지원했다는 말에 가족들은 너라도 나라를 구하라며 허락했다.

동아대학교 학도병에 지원했던 250여 명이 안강 전투에 투입됐다. 전황이 매우 급해 그들은 훈련도 없이 학생복, 학생모, 운동화 차림으로 전장에 투입되었다. 안강국민학교에서 소총 분해 결합 교육을 받던 도중 인민군의 습격으로 총 한번 못 쏴보고 수많은 학도병이 그대로 죽거나 행방불명되었다. 그때 '이것이 전쟁이구나.' 싶었다고. 고막을 찢는 박격포 소리와 귀를 스치며 날아가는 총알에 적을 죽여야겠다는 생각밖에 안 났다고 했다.

19세의 나이에 나라와 민족을 구하겠다는 정의감에 불타 학도병으로 지원했지만 전쟁은 생각보다 더 잔인하고 참혹했다.

그는 피로 물든 낙동강 전선과 마지막 교두보 전투였던 안강, 기계, 포항 전선에 투입되어 치열한 전투를 치렀다. 그 당시 같이 싸우던 전우들은 이곳이 밀리면 부산 앞바다에 배수진을 치고 죽을 각오를 했다고 한다.

이후 정식으로 입대하여 군복과 군번을 받아 수도사단 제1연대 특공대대에 배치됐다. 그는 군복을 받았을 때, 드디어 정식 군인이 되어 대한민국을 지킬 수 있다는 생각에 자부심이 차올랐다.

그가 소속된 수도사단이 38선을 넘기 위해 안양 쪽을 통과할 때 인민군들은 후퇴하면서 많은 악행을 저질렀다. 국군 포로를 방공호에 넣고 문을 닫아서 질식시켜 죽이고, 우물에 시체들을 넣어서 물을 오염시켰다.

끔찍한 기억만 있는 것은 아니었다. 38선을 넘어가니 이북에서 애국하던 민간인들이 태극기를 들고 환영하며 떡을 만들어 행군하는 국군들의 입에 넣어준 적도 있었다고.

그 당시 국군은 장갑차만 있고, 탱크는 없었다. 인민군이 몰고 온 소련제 탱크 앞에서 산산이 조각나는 전우들을 보며 그는 이를 갈았다. 이때의 기억이 기갑 병과 보직으로 장교 임관을 선택한 주요 계기가 되었다. 이후 수성고지 전투, 흥남 철수 작전, 오대산·지리산 공비 토벌 작전 등에 참여하여 활약했다.

휴전 후 소원이었던 신학을 공부할 수 있었고 미국으로 유학을 가기 위해 1967년 전역했다. 그해 4월 댈러스에서 3년간 선교학을 공부한 후 한국으로 돌아가 서울에 목회와 야간 중·고등학교를 설립하여 운영했다가 1997년 미국에서 은퇴했다. 지금 선생님은 멕시코에서도 선교를 계속하고 있다.

심만수 선생님은 나라와 민족을 지키기 위해 학도병으로 시작하여 군인의 삶을 보내고, 휴전 후엔 하나님이 원하는 일을 하기 위해 목사가 되었다. 온 삶을 봉사한 것이다.

선생님은 이렇게 말씀하셨다.

"나라 없는 서러움은 집 없는 서러움보다 더하니까, 우리는 애국하는 정신이 필요합니다. 젊은이부터 노인에 이르기까지 온 국민이 단결해서 대한민국을 지켜주기를 진심으로 바랍니다. 만약 지금 전쟁이 났다고 하면 우리는 온몸으로 애국할 마음이 있습니다."

오늘을 살아가는 젊은 사람들은 '애국'이라는 표현 자체를 '낡은 것, 꼰대스러운 것'으로 쉽게 생각하곤 한다. 나라가 없는 서러움을 겪은 사람과 나라의 보호가 당연했던 사람의 마음가짐이 이렇게 다르다는 것을 새삼 느낀다. 무엇이 옳고 그르다는 것은 아니다. 다만 '애국'에 대한 그들의 간절함과 진정성이 쉽게 폄하되지 않기를 바랄 뿐이다.

유영복

전쟁에서 느끼는 가장 비참한 감정

2018년 국정감사 참고인으로 백발의 탈북 국군 포로 유영복 선생님이 증언을 했다. 그분의 증언을 들었을 때 나는 망치로 머리를 맞은 것 같은 충격을 받았다. 귀환하지 못한 한국전쟁 국군 포로가 그렇게 많이 있었다니……. 포로 교환으로 대부분 고국으로 돌아온 줄 알았는데, 아니었던 것이다.

국정감사 영상을 보고 그분을 꼭 만나서 사진을 찍어드리겠다고 다짐했다. 겨우 탈출한 선생님을 국가는 잊었을지 몰라도, 국민들이 기억한다는 메시지를 전해드리고 싶었다. 그래서 특별한 이벤트를 하나 생각했다. 바로 가족사진 촬영이었다. 국군 포로로 잡혀갔다가 무사히 고국에 돌아오신 분이니만큼 국민 누구나 가족이 될 수 있다고 생각했다. SNS를 통해 같이 사진 찍을 분들을 모집했다.

참전용사 관련 단체 'Remember Korea 보훈가족'의 도움으로 유영복 선생님과 연락이 닿았고, 스튜디오로 모시는 날 조금 더 특별한 이벤트를 마련했다.

먼저 오전에 선생님이 사는 곳을 찾아가 차량으로 픽업한 뒤 롯데월드 아쿠아리움을 관람시켜드리기로 했다. 점심 식사를 대접한 다음 헤어·메이크업 아티스트의 관리를 받은 후 마지막으로 스튜디오에서 촬영하는 계획이었다.

선생님은 탈북 후 잠깐 서울에 살았지만 여러 사정으로 서울을 떠난지 오래였기에, 롯데월드 아쿠아리움 방문이 처음이라고 하셨다. 관람 후 나는 기억해달라는 의미로 나와 닮은(?) 펭귄을 선물해드렸다.

그날 촬영에는 89세의 유영복 선생님을 포함하여 태어난 지 4개월 된 아이, 현역 군인, 예비역 등 약 40여 명이 자발적으로 참여했다.

육군 5사단 27연대 소속 소총수였던 유영복 일병은 1953년 6월 10일 강원도 금화지구 전투에서 중공군에 포로로 붙잡혔다. 휴전 협정이 조인되기 50여 일 전이었다.

1930년 황해도 태생인 그는 공산당의 억압을 피해 가족과 월남한 뒤 서울 마포에서 살았는데, 친구들과 마포나루에서 뱃놀이를 하던 중 전쟁 소식을 접했다. 미처 피난을 가지 못해 학교에 갔다가 인민군에 의해 의용군으로 강제 징집됐다. 그 후

5사단장과 악수를 하는 유영복 선생님.

낙동강 최전선으로 이동했다가 인천상륙작전으로 전세가 역전되며 국군의 포로로 붙잡혔다. 거제수용소에 끌려간 그는 고민에 빠졌다. 의용군은 남북 모두에게 냉대를 받는 대상이었기 때문이다. 그는 가족이 있는 남쪽에 귀순했고, 1952년 여름에 풀려나 서울로 돌아왔지만 의용군의 멍에를 벗기 위해 국군으로 자원 입대했다. 훈련소를 거쳐 5사단 소총수로 배치된 그는 의용군 딱지를 벗기 위해 모든 작전의 최전방에 투입되어 스스로 앞장섰다. 그가 그토록 가슴에 달고 싶었던 것은 대한민국의 군인과 국민이라는 인정 하나뿐이었다.

선생님은 다시 한번 붙잡힌 그날의 일을 정확히 기억하셨다.

전투 중 아주 가까이 포탄이 떨어졌다. 정신을 차려보니 총성과 포성은 저 멀리에서 들렸고, 눈앞에는 아무것도 보이지 않았다. 몸도 움직일 수 없었기에 '죽었구나.' 생각했다. 어느덧 시간이 지나 해가 뜨니, 희미하게 주변이 보이기 시작했다. 가장 먼저 보인 것은 전우들의 시체였다. 그러나 보인다고 해도 아무것도 할 수 없는 건 마찬가지였다. 가까이 떨어진 포탄에 의해 큰 구덩이가 생겼고, 흙이 몸을 파묻어 간신히 목만 땅 밖으로 내밀고 있었던 것이다. 소리를 쳐

봐도, 힘껏 움직여봐도 바뀌는 것은 없었다.

그렇게 사흘이 지나갔다. '이렇게 끝나는구나.' 생각이 들 무렵, 멀리서 인기척이 느껴졌다. 중공군 몇 놈이 오는 것이었다. 그들은 나를 보고 낄낄거리며 웃더니, 죽어가는 내가 안타까웠는지 꺼내주기 위해 흙을 파기 시작했다.

얼마 되지 않아 하늘에서 비행기 소리가 들리기 시작했다. 주변에 하나둘 폭탄이 떨어졌고, 도와주던 중공군들도 숨기 위해 도망갔다. 포탄이 땅에 닿아 터질 때마다 땅에 박혀 있던 몸도 쿵쿵 울렸다. 천운으로 폭격에서 살아남았지만 여전히 몸이 땅에 파묻혀 있어 빠져나올 수 없었다.

몇 시간이 지났을까. 아까 꺼내주려고 했던 중공군 하나가 다시 돌아왔다. 그 중공군은 몇 놈을 더 불러서 땅을 파내어 나를 꺼냈다. 오랫동안 땅속에 파묻혀서인지, 사지가 마비되어 서지도 걷지도 못하고 그대로 주저앉았다. 그들은 나를 들쳐메고 중공군 병원으로 데려갔다. 다친 곳을 치료하던 간호사가 매일 열심히 팔다리를 주물러댔고 일주일이 지나자 기적같이 움직일 수 있었다. 그들의 언어는 모르지만, 그녀에게 감사함을 전했다. 이윽고 간호사는 밥을 가져다주었다. 며칠 만에 먹는 밥이었을까. 마지막 식사일지도 모른다는 생각에 많이 먹었다.

병원에서 회복되고 나자 즉시 인민군에 인계되었다. 다른 국군 포로들처럼 포로수용소로 끌려가는 줄 알았지만, 함경남도 단천의 검덕광산으로 끌려갔다.

휴전 이후 송환되어 대한민국 땅을 다시 밟을 줄 알았던 나의 기대는 47년이나 유예되었다. 고된 육체 노동과 함께 사상 교육이 뒤따랐고, 반항하거나 다른 의견을 내는 동료들은 그대로 처형됐다.

탄광에서 계속 일하면 병들어 죽을 것이라고 생각해 야간에 측량 기술을 배워서 유능한 측량기사가 되었지만, 국군 출신 포로라는 꼬리표가 붙어 천대받으며 살았다. 서로 감시하기에 탈출은 꿈도 꾸지 못했다. 60세까지 그 고생을 하고 나니 공산당은 강제로 나를 은퇴시킨 후 감시를 소홀히 했다.

2000년 김대중 대통령이 평양을 방문했을 때, 나와 함께 살아남은 국군 포로들은 '이제서야 내 고향 대한민국으로 갈 수 있겠구나!' 하며 기뻐했지만, 우리에 대한 이야기는 한마디도 나오지 않았다. 그토록 믿었던 국가였는데……. 죽더라도 한국에서 죽어야겠다는 마음을 가지고 있었는데…….

어느 날 중국에서 온 보따리상 아줌마 하나가 따라오겠냐고 물었다. 망설일 것도 없이 그대로 따라나섰다. 어차피 남아 있어도 굶어 죽었을 것이다. 차라리 두만강을 건너다 총 맞아 죽는 것이 낫다고 생각했다.

몇 번의 위기가 있었지만 구사일생으로 살아남아 마침내 2000년 대한민국 땅을 밟게 되었다. 90살이 넘은 아버지와 동생을 만났다. 그리고 한국전쟁 당시 소속되었던 5사단에서 하사로 명예 전역식을 치렀다. 이 모든 일들이 몇 줄의 글로 요약된다는 것이 놀랍고 서글프다.

전쟁터에는 무수한 인간의 파편이 흩어져 있다. 분노, 공포, 광기와 같은 부정적인 감정과 명예, 의지, 용기와 같은 긍정적인 가치가 모조리 뒤섞여 흘러넘친다. 생사를 넘나드는 과정에서 생겨나는 것들이다. 집단의 용기와 전우애로 점철된 전쟁터에서 '버림받았다'는 감정은 좀처럼 느끼기 어렵다. 아마 전쟁터에서 느낄 수 있는 가장 비참하고 잔혹한 감정이 아닐까. 그러한 감정을 온몸으로 견뎌야 했던 유영복 선생님의 상처는 내게 유독 짙어보였다.

롤런드 워터
Roland Water

평화와 가까운 길에서

롤런드 워터 선생님은 KWVA 챕터 회장 리처드 선생님의 소개로 알게 되었고, 테네시 녹스빌의 아파트에 혼자 살고 계셨다. 사모님은 홈케어 업체의 도움을 받고 계신다고 했다.

아침 일찍 출발해 오전 10시쯤 도착했다. 작은 테라스가 있고, 밖으로 숲이 보이는 투 베드 아파트였다. 선생님은 리처드로부터 연락을 받았다며 나를 반갑게 맞이해주셨다. 프로젝트의 의미와 취지를 설명하고 난 뒤, 선생님이 가장 좋아하는 자리에서 인터뷰를 진행했다.

그의 마지막 소원은 미 육군 24사단 63야전포병대대에서 같이 생활하고 전장에서 함께 싸웠던 한국인 카투사 전우 이부산과 이정길의 소식을 듣는 것이다.

이부산은 170센티미터의 키에 조용한 목소리로 누구에게나 친절하게 대했고, 이정길은 165센티미터에 활동적이며 성실한 성격이었다고 했다.

전쟁이 끝나고 집으로 돌아가야 하는데, 두 사람 모두 집으로 가지고 갈 물건이 아무것도 없다고 했다. 그래서 롤런드 선생님은 집에 조금이라도 보탬이 되라고 그들에게 선뜻 5달러를 내주었다. 이에 이부산의 여동생이 고마움의 표시로 손수건을 만들어 보내주었고, 미국으로 돌아올 때 롤런드 선생님은 그 손수건을 꼭 쥔 채 돌아왔다.

미국에 도착해서 약혼자에게 이 이야기를 했더니, 그녀는 이해할 수 없다며 화를 냈다고. 또 이부산의 여동생에게 받은 손수건을 매번 눈엣가시로 여겼는데, 결혼 후에 손수건은 어디론가 사라졌다고 했다.

선생님은 이부산과 이정길에게, 혹은 그의 가족들에게 하고 싶은 말을 덤덤히 읊조리셨다. 당신들 덕분에 한국에서 보낸 시간이 소중하고 행복했다고. 우리의 우정에 대해 당신의 가족들에게도 말해주고 싶다고. 같은 포반에서 삼총사로 함께 다니며 잡초가 무성한 숙소에서 뒹굴러 자기도 했던 기억들이 여전히 삶의 일부로 남아 있다고. 선생님의 진심을 접하며 나는 어려움을 함께했던 사람들만큼 끈끈한 정을 나누기란 쉽지 않겠다는 생각을 했다.

가지고 계신 사진을 설명하는 롤런드 워터 선생님.

그가 미국으로 돌아왔을 때 공항에 부모님이 마중을 나오셨는데, 외모가 너무 많이 변해서 그가 다가가 인사하기 전까지 못 알아보았다고 했다. 살도 많이 빠졌거니와 전쟁을 겪고 난 후 표정과 눈빛이 완전히 달라져 있었다고.

집으로 돌아온 후에도 전쟁의 여파는 계속됐다. 그의 약혼자가 그를 놀래기 위해 문 뒤에 숨어 있다가 덥석 뒤에서 그를 끌어안았는데, 순간적으로 놀란 그는 자기도 모르게 그녀를 떼어내 집어던졌다. 적이 뒤에서 죽이기 위해 덮친 줄 안 것이다. 바로 제정신이 든 그는 약혼자를 안아주며 사과했고, 놀란 그녀는 그 이후로 다시는 그를 놀래게 하지 않았다.

한국전쟁이 선생님에게 어떤 영향을 미쳤는지 물어보았더니, 자유를 가르쳐주었다고 대답하셨다. 자유는 미국에서 당연하게 여겨지는 것이었다. 그런데 한국전쟁에 참전하고 난 뒤 자유를 누리는 것이 전혀 자유롭게 이루어지지 않으며, 자유를 되찾거나 유지하기 위해 매우 많은 비용이 드는 현실을 깨달은 것이었다.

선생님은 너무 당연해진 자유가 의미를 잃어버려 사람들 머릿속에서 잊힌 지금, 더욱 자유를 수호하기 위해 싸우고 생각하는 것이 필요하다고 강조했다. 미국인이든 한국인이든 출신이 중요한 것이 아니라, 동등한 인간으로서 자유를 소중히 여기는 마음이 중요하다고 말했다. 또 인간의 본성은 모두 같은데, 그 중 하나가 생존과 자유에 대한 갈망이라고 했다. 그것만큼은 언제까지나 지켜갔으면 좋겠다고 말을 맺었다.

시대가 지나도 인간의 삶이 엇비슷한 것은 인간의 본성이 변하지 않기 때문인 듯하다. 우리나라는 분단 이후 오래도록 전쟁 없는 삶을 살고 있다. 우리는 오늘의 평화와 안녕을 지킬 수 있을까? 누구도 장담할 수는 없을 것이다. 다만 고통의 역사를 마주하며, 전쟁과 먼 길을 걷고자 노력할 따름이다. 그러니 나는 참전용사분들의 기억과 기록들이 사소하게 다루어지지 않기를, 그 기억에서 깨달음을 얻어가기를 바랄 따름이다.

루번 아이코프
Luvern Eickhoff

임무 완수, 단 아무도 모르게

"루빈 아이코프는 내가 아는 한국전쟁 참전용사 중 최악의 경험을 한 사람이야!"

수잔이 루번 아이코프 선생님을 소개하며 했던 말이다.

그 이야기를 들은 나도 놀랐고, 주변의 다른 참전용사분들 또한 관심을 보였다. "장진호 전투 참전용사인가?" "전쟁 포로였나?" "죽음의 행진을 했나?" "크게 다쳤나?" 다들 머릿속에 있는 말들을 쏟아내며 궁금해했다. 그러다 한 참전용사가 궁금증을 못 이겨 버럭 소리를 지르며 물어봤다.

"도대체 어떤 경험을 했기에 최악이라는 건가!"

그러자 수잔은 웃으며 이렇게 대답했다.

"그는 한국전쟁 당시 9개월간 외딴 섬에서 혼자 있었는데, 그동안 한국 음식만 먹어야 했거든요."

그러자 주변의 베테랑들은 알겠다는 표정으로 고개를 끄덕였다.

"엄청나게 고생했겠구먼……."
"그가 최악의 경험을 한 한국전쟁 베테랑이 맞네."

나는 그 이야기를 듣고 빵 웃음이 터져, 직접 아이코프 선생님에게 어떻게 버텼는지 물어보았다. 그러자 그는 눈을 질끈 감으며, 살기 위해 어쩔 수 없이 먹었을 뿐 다시는 겪고 싶지 않은 경험이라고 말했다.

그는 1952년 2월부터 1953년 6월 초까지 통신 라디오 교환수로 한국전쟁에 참전했다. 미네소타 윌리엄스 태생으로 포트녹스에서 16주 훈련과 통신 교육을 마치고 40사단에 배속되어 한국에 도착했다.

당시 그는 임무를 전혀 모르는 상태로 38선에서 북쪽으로 약 100킬로미터 떨어진 섬으로 보내졌다. 그런데 그의 사수였던 중위가 도쿄로 출장을 갔다가 도착하자마자 길을 잃고 살해당했다. 그래서 그는 얼떨결에 섬의 유일한 미군이자 책임자가 되

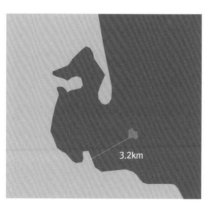

3.2km

비밀 무선통신 벙커

비행장

어버렸다.

　그가 머물던 곳은 북한 원산항에서 약 3킬로미터 떨어진 섬에 있는, 작은 비행장과 통신 시설이 마련된 비밀기지였다. 지도의 빨간색 점이 위치한 곳에 천막으로 지어진 벙커가 있었고, 작은 활주로는 주로 폭격 임무를 수행하다 손상된 항공기의 비상 착륙지점으로 사용됐다.

　그의 주요 임무는 무선 통신을 받아 암호 코드로 변환해서 북한 지역에 침투한 미군과 카투사 특공대에 주요 작전을 전달하는 것이었다. 그리고 다른 하나는 북한 지역에 북한 출신 한국인 특공대를 투입시킨 뒤 캐낸 정보를 미 사령부에 전송하는 것이었다.

　원산항은 북한의 점령지라 수중 지뢰가 많이 깔려 있었다. 대부분 물에 잠겨서 볼 수 없었지만, 달빛이 밝은 잔잔한 밤이면 물 밑에 깔려 있는 지뢰들이 보였다. 침투는 북한의 어선을 이용했는데, 눈에 띄지도 않고 배가 가벼워 지뢰를 건들지 않고 이동할 수 있기 때문이었다. 침투조는 4~5명의 북한 출신 한국인으로 구성되었고 선장은 북한 어부였다. 북한 지역에서 정보 수집 및 염탐을 했기에 지역에 능숙한 토착민들이 선발되거나 자원했다. 그들은 공산당을 피해 일찍이 남하했거나, 인민군에게 가족을 잃은 사람들이었다.

루번이 미군의 작전 정보를 받아 영어로 전달하면 한국인 카투사가 통역해서 작전을 지시했다. 귀환은 짧게는 2~3일, 길게는 1~2주 뒤에 시간과 장소를 미리 정해두고 침투조를 다시 데려오는 방식으로 진행되었다. 많은 한국인들이 북한에 침투했지만, 되돌아오는 수는 언제나 적었다. 그래도 그들이 가지고 오는 정보는 몹시 유용했다.

한번은 매우 중요한 정보를 취득해왔지만, 영어를 하는 카투사가 돌아오지 못해서 한국말을 할 줄 아는 일본계 미군이 오기도 했었다. 그 정보가 무엇이냐는 나의 질문에 선생님은 제대할 때 비밀 유지 계약을 했기 때문에 이야기할 수 없다고 잘라 말했다. 이미 68년이나 지난 일이지만 여전히 군인의 면모를 보였다.

보급이 간혹 되긴 했으나 그는 대부분 한국인 특공대와 함께 밥과 김치를 먹으면서 버텼다. 처음엔 입도 댈 수 없었지만 살아남기 위해서는 참아야 했다.

그러다가 1953년 3월 31일 특별한 소포가 도착했는데, 그의

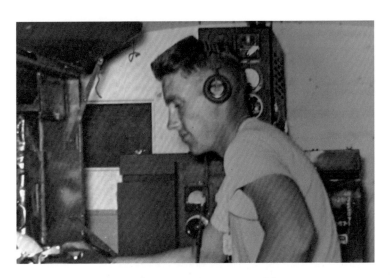

벙커 안에서 무선 통신을 하는 루번 아이코프 선생님.

1952년 11월 4일 선생님의 모습.

어머니가 보낸 소포에 같이 들어 있던 크리스마스 카드.

어머니가 보낸 크리스마스 선물이었다. 그 속에는 그가 좋아하는 초콜릿을 포함해, 먹고 싶었던 것들이 가득했다. 그러나 배송 과정을 거치며 쿠키는 가루가 되어 있었다고.

1953년 5월, 긴급 무전이 왔다. 섬에 있는 모든 장비를 파괴하고 빠져나오라는 명령이었다. 휴전에 관한 이야기가 오가고, 상황이 정리되기 시작하면서 미군의 지원을 받기 힘들어진 것이다.

대피 하루 전날 밤, 친하게 지내던 한국인 특공대 이진숙이 원산에 있는 어머니를 한 번만 보고 오겠다며 배를 몰려고 했다. 원산 출신인 그는 영어를 능숙하게 구사했으며, 지뢰로 부상을 입었지만 북한 지역을 잘 알았기에 언제나 살아 돌아왔다. 루번은 말리려 했지만, 울면서 어머니라도 보고 죽겠다는 그를 막을 수 없었다. 그를 본 것은 그날 밤이 마지막이었다.

선생님은 나의 손을 꼭 잡으며 그가 살았는지 죽었는지 알 수만 있다면 소원이 없겠다며 눈물을 글썽였다. 아직도 그의 머릿속에 또렷이 기억나는 이름, 이진숙⋯⋯.

루번은 새벽 일찍 배를 타고 미 해군의 구축함까지 가야 했다. 그런데 멀리서 헬리콥터 소리가 들렸다. 얼마 후 미 해군의 배 한 척이 그가 있는 곳으로 접근하더니 누군가 소리쳤다.

"당신이 블루보이입니까?"

루번은 자기 코드명을 알고 있는 그 사람을 보고 놀랐다.

"어떻게 날 아는 거죠?"
"당신은 유명인사입니다. 미 해군뿐만 아니라 인민군, 중공군 그리고 러시아까지 당신을 찾기 위해 혈안이 되어 있습니다. 코드명 블루보이는 적에게 절대 넘길 수 없는 특별한 사람이라고 전달받았습니다."

당시 그가 미군의 모든 비밀 통신 및 암호를 머릿속에 넣고 있었기에 미 해군은 그를 최우선으로 보호해야만 했던 것이다.
무사히 서울의 정보본부에 도착한 그는 아무런 제지를 받지 않고 건물 깊숙이 들어갔다. 그리고 마침내 모든 통신을 보낸 주인공인 아이브 대령을 만날 수 있었다. 대령은 그의 공적을 치하하며 장교로 추천하고 싶다고 했다. 그가 허락만 하면 바로

소위로 임관할 수 있었지만, 미국으로 돌아가 학업을 마치고 싶었기에 거절했다.

6월 초에 한국을 떠나 미국으로 돌아온 그는 1953년 11월에 제대하여 미드스테이트 대학에 진학해 소원대로 공부를 계속했다.

세상에는 보이지 않는 존재들이 더 큰 무게감을 짊어지며, 더 큰 일들을 하는 경우가 많다. 그러한 이들에게 우리는 최소한의 예의를 보여야 한다. 그들의 존재와 노고를 기억하고 감사하는 방식으로.

오병하

진정한 '생존 연기'를 펼치다

워싱턴 DC에서 텍사스 댈러스까지 가기 위해 20시간을 운전했다. 비행기로 가면 얼마 안 걸리는 시간이지만, 코로나 감염이 우려되어 힘들지만 안전하게 차량으로 찾아갔다.

휴스턴 총영사관 댈러스 출장소에서 9월 8일 1시에 선생님을 뵙기로 했다. 국가유공자 복장으로 입고 오신 오병하 선생님은 밝은 미소로 인사를 했다. 영사관의 장소 협조를 받아 회의실에서 인터뷰가 진행됐다.

"아버지가 인민군에게 총살을 당했습니다."

선생님의 입에서 처음 나온 말이었다.

1936년 6월 7일 황해도 태생이었던 오병하 선생님은 1·4 후퇴 때 아버지와 함께 외할아버지가 있는 개성에 식량을 보충하기 위해 들렀다. 그때 인민군 앞잡이의 신고로 아버지가 총살당했다. 사위를 잃은 외할아버지는 외손자마저 인민군에 끌려갈

수도 있으니, 서둘러 남쪽으로 피신하라고 그의 등을 떠밀었다. 오 선생님은 홀로 임진강을 건너 피난민 행렬을 따라 남쪽으로 내려갔다.

피난길에 임신한 젊은 여인을 보았다. 배가 산만큼 커진 채로 계속 길을 걷던 그녀는 산통이 왔는지 배를 움켜쥐더니 다리 밑에서 분만하였다. 탯줄을 이빨로 자르고는 갓난아이를 그대로 버리고 다시 피난민 행렬에 들어왔다. 막 출산한 그녀의 다리와 치맛자락에 핏물이 흥건했는데, 얼마 못 가 길에 쓰러져 그대로 죽어버렸다.

그대로 평택까지 내려가니 이북 친구들 7명을 만날 수 있었다. 다들 홀로 피난 온 또래였다. 이북에서 온 아이들과 죽어도 이북에 가서 죽자고 결론을 내리고 며칠씩 굶으며 다시 올라갔다. 가다 보니 오산 비행장 근처 미군 부대에 이르렀다.

다들 너무 배고파서 굶어 죽으나 훔치나 걸려서 총 맞아 죽으나 매한가지라고 생각했다. 제일 당돌했던 내가 먼저 포복으로 기어 들어가서 눈에 보이는 박스 하나를 들고 나왔다. 'No. 10'이라고 적혀 있던 그것은 자두 통조림이었다. 통을 열 도구가 없어 돌로 찍어서 구멍을 내 먹었는데, 거기서 나오는 액체는 세상에서 가장 달콤한 꿀이었다. 배고픈 나머지 캔에 들어 있는 액체를 전부 마셨더니 갈증이 찾아왔다. 주변에 있던 얼음을 깨 먹으면서 갈증을 해소했더니 구토와 설사에 시달려 결국 안 먹으니만 못하게 되었다.

기진맥진한 상태로 노량진까지 오게 됐다. 노량진에는 먼저 온 피난민들이 수천 명이나 되었다. 어느 한 곳에 줄이 길게 늘어서 있길래 가보니 어느 아주머니 하나가 드럼통에 꿀꿀이죽을 끓이고 있었다. 장정들이 몽둥이를 들고 서서 줄 선 사람들에게 금반지 하나에 꿀꿀이죽 한 사발, 금팔찌는 두 사발에 팔고 있었다. 그깟 꿀꿀이죽이 뭐라고 소중한 패물과 바꿀까 싶지만, 피난길에 굶주린 많은 사람이 그것이라도 먹기 위해 줄을 길게 선 것이었다. 흥정하는 자나 양이 적다고 불평하는 자는 바로 받은 패물을 돌려주고, 죽을 빼앗아 쫓아냈다. 그가 아니어도 뒤엔 수십 명이 기다리고 있었기 때문이다. 값을 치를 만한 물건이 없어 엄마 품에서 죽어나가는 갓난아이들도 부지기수였다.

북에서 내려온 친구 한 놈이 배고픔을 참지 못해 팔팔 끓는 죽통 앞에 달려가 내용물을 손으로 떠서 입으로 넣었지만, 너무 뜨거워 먹지도 못하고 입만 데었다. 그리고 지키고 있던 남자의 몽둥이가 친구를 사정없이 가격했다. 얼마나 맞았을까, 사내들은 축 늘어진 친구를 길가에 던져버렸다. 나는 달려가 그를 업고 바람이 덜 부는 근

전쟁 후 다시 만난 육군 1사단 정보대원들.

처의 사육신 묘지에 뉘였다.

"거봐, 내가 말했지. 입만 데고 이렇게 맞기만 했잖아. 뭐 한 거야!"

나는 핀잔을 주었지만, 다들 그만큼 배가 고팠다.

아무 말 없이 눈물을 흘리던 친구는 밤새 끙끙 앓더니, 아침이 오자 조용해졌다. 몸을 흔들어보니 차갑게 굳어 있었다. 추운 겨울날 부상을 입은 채 땅바닥에 웅크리며 잤으니 성할 리 없었다. 땅이 얼어서 묻어줄 수가 없었기에 그를 업고 한강 나룻가로 가 얼음을 깨고 수장했다.

허무하게 죽은 동무를 생각하며 한강 북쪽으로 걸어가는데, 지프를 탄 군인들이 학생복을 입고 있는 우리를 불러세웠다.

"고향이 어디야?"
"황해도 연안입니다."

그렇게 북에서 온 친구들과 함께 차에 올라타 문산에 있는 육군 1사단으로 갔다. 나는 북한 지리에 밝아서 정보를 수집하는 교육을 받았다.

그 당시 인민군 포병대대는 낮에는 미국의 항공 폭격을 피해 송악산에 숨어 있다가 밤이 오면 문산 쪽으로 포격을 가했다. 문산에는 국군, 미군, 영국군이 주둔해 있었는데 야산에 방공호를 파도 계속되는 포격에 많은 사상자가 발생하는 상황이있다. 따라서 인민군 포병대대가 숨어 있는 굴의 입구를 찾아내는 것이 가장 중요했고, 직속 상관이었던 김인수 중위는 나에게 동굴의 위치를 파악하라고 명령했다.

혹시나 포로로 붙잡히면 반드시 스파이가 아니라고 말해야 했다. 고문당한다고 사실을 얘기하면 그 당시만 편할 뿐, 나중에 더 끔찍하게 죽는 게 기정사실이었다. 절대 잡히지 않되 혹시라도 잡혔을 때 먹으면 1분 안에 죽을 수 있도록 극약 1개도 받았다. 그렇게 임무를 받고 학생복 차림으로 다시 개성으로 향했다.

외할아버지 댁에 다시 가는 길, 아버지의 원수를 갚을 수 있다고 생각하며 망태기에 6년 된 인삼을 몇 개 넣고 송악산에 올라갔다. 어느 골짜기를 지나는데 인민군 보초가 소리를 지르면서 위험하니 오지 말라 경고했다.

나는 능청스럽게 산삼을 캐러 왔다고 말했고, 의심쩍어하는 인민군 보초가 다가와 몸수색을 했다. 외갓집에서 가지고 온 인삼을 보여주며 올라오는 길에 캤다고 이야기하니, 보초는 눈이 커지며 하나 달라고 요구했다. 요구에 흔쾌히 응하자 보초는 경계를 풀고 어디가 안전하며, 어디에 보초가 있는지 등 상세한 정보들을 다 알려주었다. 그러고는 혹 산삼을 캐면 더 가져다줄 수 있냐 물었다. 그렇게 하겠다고 답하니, 자기가 보초를 서는 시간과 장소를 알려주면서 그 시간에 맞춰 오면 도와주겠다고 약조했다.

정보를 캐낸 나는 1사단으로 복귀해 정보를 전달하고 본격적으로 포병대대 입구를 찾기 위해 다시 침투했다. 보초에게 접근해 가장 산세가 험한 곳으로 가서 산삼을 캐고 싶다고 하니 이렇게 돌아서 가면 안전하다고 길을 알려주었다. 확인해보니 바로 그 근처가 인민군 포병대대 입구였다.

다음날 미군이 그 장소를 폭격했는데 여전히 인민군이 남아 있었는지 문산을 폭격해왔다. 육군 정보부는 포병대대 입구가 여러 군데라 판단했고 나는 다시 투입되어 입구를 찾았다. 미 공군의 꼼꼼한 폭격 후로는 송악산에서 더 이상의 인민군 폭격은 없었다.

정보대원은 임무가 중하기 때문에 직속 상관과 무장대를 제외하고는 신상을 알 수 없다. 그러나 오 선생님의 정보는 국군 및 유엔군 전체에 큰 영향을 미치는 중요한 정보였기에, 사단장이 직접 오 선생님의 노고와 공에 대해 고마움을 전했다고 한다.

　이렇게 큰 공을 세웠지만, 그에게는 군번, 군복, 공을 인정하는 어떤 포상도 없었다. 집으로 돌아갈 수 있다는 귀향 증명서 하나를 받았지만 그것이 군 복무 기간으로 인정되지는 않았다. 경기대학교 경영학과를 졸업한 후 입대 영장이 나와 해병대에 특별 부사관으로 입대했고 6년간의 군 생활을 더 한 뒤에 제대해야 했다.

　선생님이 국가유공자로 인정받은 것은 겨우 10년 전의 일이다. 정부에서 참전용사 보상을 해준다고 했을 때, 그 당시 직속 상관이었던 분들의 증언에 의해 국가유공자로 인정받을 수 있었다. 선생님은 국가유공자가 되어 참전용사로 인정도 받고, 매달 3만 2천 원도 받는다고 좋아하셨다. 그 이야기를 들은 나는 마음이 너무 씁쓸했다.

　그렇게 위험한 임무를 하고도 인정을 못 받은 세월이 야속하거나 대한민국 정부가 원망스럽지 않았냐는 나의 질문에 선생님은 이렇게 대답하셨다.

　"나만 그랬다면 억울했겠지. 그러나 그때는 나라를 살리는 것이 우선이었고 그것이 애국이라고 생각했어. 나와 비슷한 임무를 맡았던 7천여 명의 정보원, 켈로 부대*도 똑같은 신세였지. 이제라도 인정해준 대한민국 정부가 고맙고, 이렇게 나를 찾아와서 이야기를 들어주고 다음 세대에 전달해주는 라미 작가한테 고맙지."

나는 그 순간 눈물이 핑 돌았다. 대한민국 국민과 정부가 오선생님과 같은 한국전쟁 참전용사분들의 애국심을 조금만이라도 더 알아줬다면 보다 더 나은 대한민국이 되지 않았을까. 매달 3만 2천 원, 겨우 그것이 시간과 목숨을 바친 대가라니……. 어떤 마음은 돈으로 환산하려 해서 그 가치가 훼손되고 만다. 참전용사분들의 삶 또한 단순히 계산되지 않기를 바랄 뿐이다.

* 북한 지역에서 첩보 수집 등을 비공식적으로 수행한 민간인 부대.

하워드 캠프

Howard Camp

암흑에서 광명까지

오하이오 챕터의 밥 회장님으로부터 꼭 만나야 할 2명의 한국전쟁 참전용사가 있으니 콜럼버스를 지나게 된다면 시간을 내어달라는 부탁을 받았다. 9월 1일 콜럼버스의 정부 청사에서 하워드 캠프 선생님을 만났다. 그는 보라색 티셔츠를 입고 웃는 얼굴로 우리를 기다리고 있었다.

선생님은 1929년 오하이오 콜럼버스에서 태어나 지금까지 이곳에서 살았다. 미 육군으로 징집되어 24사단 19연대 L중대로 배속되었고 1951년 1월 8일 한국에 도착하여 1952년 10월 8일까지 최전방에서 지냈다. 기억을 되짚던 선생님의 첫마디는 다음과 같았다.

"켄터키에서 온 17살의 가장 어린 친구가 전입 오자마자 치른 전투에서 죽었어."

그의 중대는 1951년 10월 13일 토요일 오전 6시 30분에 작전에 투입되어 한밤중까지 계속 북진했다. 14일 오후 5시쯤 인민군, 중공군과 교전이 시작됐다. 소총 소대들이 언덕 위에서 그들과 전투를 하던 도중, 인민군이 쏜 박격포에 그 어린 친구가 산산조각났다. 엄폐물이 없는 지역이었기에 피해는 컸다. 그 전투에서 이틀 동안 30여 명이 중경상을 입고, 8명이 죽었다.

그 또한 다친 부대원들과 함께 앰뷸런스를 타고 야전병원으로 이송됐다. 병상에 누워 간호사에게 물을 달라고 몇 차례 요청했으나 곧 수술 들어가기 때문에 절대 줄 수 없다고 거절당했다. 목이 타들어가는 갈증 상태로 하루를 더 버텼는데 부상이 심해 후방으로 후송되어야 했다. 후송이 결정되고 나서야 간호사가 물을 가져다주었는데 얼마나 목이 말랐는지 3리터 가까이 되는 물을 한 번에 다 마셨다고.

이후 영등포에 위치한 후송병원에서 몸에 박혔던 포탄들을 제거했지만, 위험한 위치에 있는 파편들은 그대로 놔두었다.

USS 병원선, 일본 오사카의 병원으로 옮겨지며 세 번의 추가 수술을 받았고 이후 3개월 동안 치료를 받았다. 한번은 수술 중 상처가 너무 커서 철사로 팔을 고정하고 꿰맸다. 다행히 수술은 성공적으로 마무리됐고, 의사가 여러 부상 때문에 나머지 복무

퍼플하트
훈장을 들고 찍은 사진.

기간을 미국으로 돌아가서 채울 것이라고 설명했다. 그때 그는 전장에 가득한 피와 죽음의 냄새가 사라지고 엄마가 해준 아침 식사, 빵과 계란의 냄새가 떠오르는 것 같았다고.

그렇게 행복에 겨워 있던 그에게 청천벽력 같은 소식이 떨어졌다. 바로 다음 주에 병력이 부족해 다시 전장에 투입된다는 것이었다. 화가 났지만 선택권은 없었다. 명령이니까……

1951년 크리스마스, 한 일본인 아가씨와 좋은 곳에서 저녁을 먹으며 멋진 데이트를 하고 부산항으로 돌아와 죽음의 계곡으로 다시 투입됐다.

1951년 7월 강원도의 어느 산에 올라가던 중 일어난 일이다. 장마 기간이었기에 바닥이 온통 진흙이었다. 전투화에 진흙이 잔뜩 묻어 신발을 털다가 뒤에서 무언가 쌩 지나가길래 뒤를 보니 인민군이 총을 쏘고 있었다. 두 번째 총알은 다행히 그의 전투화에 묻은 진흙을 맞췄다. 선생님은 전쟁터 한복판에서 멍청하게 진흙이나 털 생각을 하다니, 다시 생각해도 어처구니없다고 했다.

언덕에 간신히 올라갔더니 맞은편 언덕에서 중공군이 쳐들어왔다. 그 숫자가 너무 많아서 결국 다시 언덕을 내려가야 했다.

그의 뒤로 중공군들의 무차별 사격이 시작되었고, 선생님은 뛰다가 넘어졌는데, 갑자기 쓰레기통 같은 것이 그의 앞에 떨어졌다. 미군에서 쏜 불발탄이었다. 그가 무사히 언덕을 내려온 뒤에도 미 공군은 언덕에 네이팜탄, 미사일 등을 쉬지 않고 쏘아댔다. 그는 포탄 소리를 들으며 입안에 들어간 흙을 꽉 깨물고 있었다.

그 고생을 하고도 하워드 캠프 선생님은 한국에 다시 전쟁이 나면 당연히 참전할 것이라고 했다. 그 이유는 선생님의 핏줄 때문인 듯하다. 그의 아버지는 1차 세계대전 참전용사로 은성훈장을 받았고 그의 형 2명은 2차 세계대전에 참전했다. 하워드 선생님과 그의 동생은 한국전쟁에 참전했고, 더 어린 동생은 베트남전에 참전했다. 아들 6명 중 5명을 전장으로 떠나보낸 그의 어머니가 더 대단하다 싶은 생각이 들었다.

마지막으로 선생님은 인공위성으로 한반도를 찍은 사진을 보며 말을 꺼냈다. 이 사진이 70년 전 수많은 희생을 치른 대가를 보여주는 것 같다고 했다.

전쟁에 참여했던 모든 군인은 다 똑같다. 어떤 전투에 참여했는지는 중요하지 않다. 어떤 전장이든 죽음이 도사리고 있으니까. 잔혹한 죽음을 코앞에서 목격했다는 점에서 그들은 사실 죽음을 체험한 자들과 다르지 않다. 그들은 모두 '살아 돌아온 자'들이다. 그러나 그들의 서사는 제각각이다. 말하고자 하는 메시지는 닮아 있을지 모르나 그 구조는 조금씩 다르다. 서로 다른 전투 경험은 죽음이 둘러쓴 가면을 조금씩 벗겨낸다. 우리는 여기서 전쟁과 죽음이 가지고 있는 무수한 그림자를 본다. 춥고 어둡다.

윌리엄 빌 맥페린

William Bill McFerrin

새끼손가락 걸고 얻어낸 자유

그는 짧은 오른손 새끼손가락을 치켜들면서 이야기를 시작했다.

맥페린 선생님은 1930년 11월 24일 오하이오 포토마스크 태생으로, 고등학교 졸업 후 오하이오 주립대에 입학해 공부하던 중 한국전쟁이 발발했다.

당시 해군 혹은 해병대를 가면 3~4년을 복무해야 한다고 해서 그는 육군을 선택하려고 했는데, 1951년 7월 12일 본인의 의사와 상관없이 입대할 수밖에 없었다. 많은 참전용사분이 이부분을 강조하는데 끌려갔는지, 자원했는지에 따라 전투에 임하는 태도가 다르다. 물론 대부분의 미군 참전용사는 강제로 끌려갔다. 그 역시 처음에는 강제로 입대했으나 기초 군사훈련을 받으면서 생각을 바꾸었다. 이후 장교 과정을 거쳐 임관했다.

장교 과정을 마치고 독일에 보내질 것 같자 그는 자퇴를 선택했고, 육군은 그런 그를 사병 신분으로 한국에 보냈다. 그렇게 다른 병사들과 같이 수송선에 실려 인천에 도착했다. 1952년 4

월, 그는 7보병사단 17연대 A중대 소총수로 배치됐다.

1952년은 한국전쟁의 중반기로 그가 상상했던 전장과 아주 달랐다. 평화협징이 논의되던 중이라 참호를 파 놓았을 뿐 교전이 전혀 없었다. 다른 지역은 모르겠지만 그가 있던 지역에서는 최전방이었는데도 아무런 일이 벌어지지 않았다고.

그는 6개월 동안 참호를 새로 파거나, 포격에 대비해 참호의 모래주머니를 만들었고 전선을 형성하는 철조망 작업을 하기도 했다. 거의 땅속에서 생활했지만, 나름 잘 조성한 참호의 환경은 나쁘지 않았다. 닭을 키운 뒤 달걀을 얻어 그토록 먹고 싶었던 달걀프라이도 해 먹었다.

산 아래에 주둔했던 것은 그에게 행운이었다. 한국전쟁은 참호전이어서 고지를 차지하는 것이 전투의 목적이었기에 대부분의 전투는 산 위쪽에서 벌어졌기 때문이다. 그렇지만 1952년 10월에 시작된 중공군의 대규모 공격으로 그가 있던 OP를 포함한 모든 곳이 위험해졌다. 수천 발의 포격 뒤에 중공군들이 인해전술로 물밀듯 쳐들어왔다. 며칠동안 반복된 공격에 중대원들이 하나둘씩 전사했다.

어느 날 예고 없이 시작된 중공군의 포탄 세례는 그가 속한 중대에도 어김없이 떨어졌다. 몇 발은 그의 바로 옆 참호에 떨어졌고 충격의 여파로 쏟아진 흙이 그의 참호를 덮쳤다. 흙을 파헤치며 간신히 올라온 그의 주위에 또 수많은 포탄들이 떨어졌다. 그를 포함한 모든 중대원은 철판으로 된 방탄 조끼와 철모를 쓰고 있었는데, 포탄이 터지며 수많은 파편이 양팔과 얼굴에 쏟아졌다. 파편 중 하나가 그의 오른쪽 새끼손가락을 관통했고 너덜너덜해진 손가락 끝마디에서 피가 뿜어져 나왔다.

포격이 멈춘 후 중공군이 밀고 들어오기 전에 의무병이 다친 그를 흙더미에서 구출했다. 야전병원에서 급한 대로 포탄 파편을 적출하고 잘려나간 손가락을 붙이는 수술을 시도했다. 긴급 수술을 마치고 시설이 좋은 오사카의 병원으로 그를 후송했다. 그러나 재수술을 여러 차례 시도해도 뜻대로 되지 않았다. 결국 마지막 수술에서 그는 너덜거리던 손가락을 자르고 끝을 봉합해야 했다. 수술의 후유증으로 새끼손가락을 사용할 수도 없고, 신경이 끊어진 것인지 느낌도 없었다고 했다.

3개월의 시간을 병원에서 보냈지만 그래도 새끼손가락이 회복되지 않아 1953년 4월에 제대했다. 전쟁 과정은 끔찍했지만, 그의 가슴은 알 수 없는 감정으로 가득 찼다. 처음에는 그도 몰랐다. 그 감정이 무엇이었는지, 그 자신이 대체 무엇을 지켰는

지도…….

어느덧 90세가 된 선생님은 한강의 기적을 통해 성장한 한국
을 여러 매체를 통해 접하면서 확신을 가졌다고 했다. 그 당시
자신이 한국의 자유를 지켰으며, 자유를 선물했다는 뿌듯함을
실감한 것이다.

"자유는 눈에 보이지 않지만, 우리가 숨 쉬는 공기처럼 어디
서나 필요한 것이야. 우리가 한국전쟁에 참전한 것은 위급한 환
자였던 한국에게 산소를 공급하듯 자유를 불어 넣어주기 위함
이었지. 이러한 노력 때문에 지금의 건강한 대한민국이 있는 것
이라고 생각해."

새끼손가락을 걸고 지킨 선물 같은 자유. 나는 그의 희생을
헛되이 하지 않으리라 스스로와 약속했다.

인터뷰가 끝난 후 하워드 캠프 선생님, 윌리엄 메페린 선생님과
태극기를 들고 "같이 갑시다(Katchi Kapshida)!"를 외쳤다.

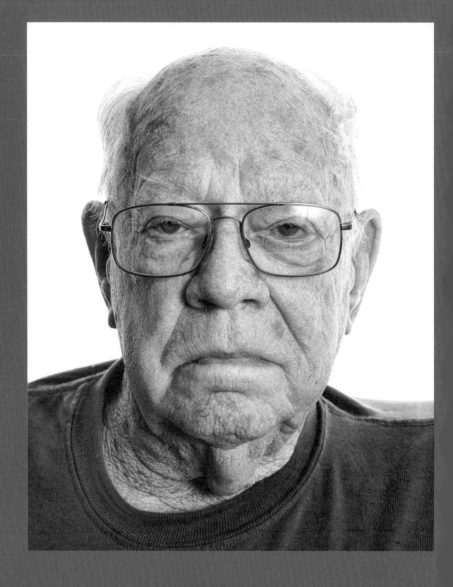

딘 존슨

Dean Johnson

나는 좋은 싸움을 했고, 믿음을 지켰다

1930년 6월 29일 베데스다에서 태어난 딘 존슨 선생님은 고등학교를 졸업한 후 편안한 삶을 살았다. 직장을 가졌고, 차를 샀으며, 애정이 넘치는 여자친구와 언제든지 쓸 수 있는 여윳돈이 있었다. 한국전쟁이 발발하고 모병이 시작되자 삼촌과 그의 친구들은 육군에 지원했으며, 모두 몇 년간 나라를 위해 봉사할 생각에 들떠 있었다.

　　딘 선생님 역시 포병 교육을 받기 위해 텍사스로 이동했다. 이후 미 육군 1기갑사단 포병대대에 배속받고 강도 높은 훈련을 몇 달간 거쳤다. 그곳에서 노련한 포병이 되기 위해 포수, 관측병 등 여러 보직을 섭렵했다. 그렇기에 선생님은 한국전쟁 참전명령서를 받았을 때 포병으로 활약하리라 믿었다.

　　그러나 막상 배속된 부대는 23병참대 545중대였다. 그는 자신과 동명이인이거나 서류상의 착오라고 생각해 여러 차례 항의했지만 돌아오는 대답은 "한마디만 더 하면 바로 군사재판으로 넘기겠다"는 협박이었다.

　　결국 그는 포병 전우들과 떨어져 속초리로 이동했다. 그 당시 텍사스에서 포병 교육을 받는 딘 선생님.

딘 선생님이 근무했던 유류저장소.

딘 선생님과 함께 일했던 한국인 민간인 노무자들.

속초리에는 동해가 보이는 대규모 유류저장소가 있었다.

그의 임무는 석유제품(가솔린, 제트 연료 등)을 다루는 것이었다. 약 200리터짜리 드럼통을 넓은 공간에 쌓아 올리며 재고를 파악하고, 필요한 것들을 트럭에 실어나르는 일이었다. 그와 함께하는 인력은 20~30명의 한국 민간인과 통역관 1명이었다.

날씨가 추워질 때쯤 유류저장소의 위치로 속초리가 부적합하다고 판단되어 의정부로 이전되었다. 내륙에 빠르게 찾아온 혹한에 드럼통의 표면은 성에와 얼음으로 뒤덮였다. 그러나 한국인 노무자들에게 손을 보호할 장갑은 없었다. 그래서 대부분 종이를 여러 겹으로 접어 손에 끼거나, 볏짚이나 마른 건초로 손을 감싼 뒤에 얼어붙은 드럼통을 옮겨야 했다. 그 모습을 본 딘은 이리저리 머리를 굴렸다.

해결 방법은 '방한용품 서리'였다. 딘이 머무는 텐트는 대부분 낮에 비어 있었다. 그곳에서 그는 눈에 보이는 대로 장갑과 양말을 챙겨 몰래 주머니에 넣었다. 사실 군수품을 한국 노무자들에게 직접 챙겨주는 것은 매우 위험한 행동이었다. 군수품 절도는 영창에 가거나 군사재판을 받을 만큼 중범죄였고, 한국 노무자들이 그를 밀고할 수도 있었다.

그래서 그는 다시 한번 머리를 굴렸다. 가장 성실히 일하는 노무자 앞을 지나가면서 장갑 혹은 양말을 떨어뜨렸다. 그들은 딘에게 물건을 떨어뜨렸다고 알려주었지만 모른 척했다. 눈치 빠른 노무자들은 몰래 그것들을 챙겼다. 그렇게 딘은 주변을 돌며 하나둘씩 서리한 물건을 보급(?)하기 시작했고, 그와 같이 일하는 모든 노무자들은 맨손으로 얼어붙은 드럼통을 만지지 않아도 되었다. 텐트에 돌아오면 장갑과 양말이 없어졌다는 동료들의 고함이 들려왔지만, 그들은 곧장 새로운 보급품들을 받아왔다. 그는 안심하고 다시 한국인 노무자와 작업을 하러 돌아갔다.

선생님은 이렇게 덧붙였다.

"이 글을 보고 있는 545 중대원이라면, 이제 왜 장갑이나 양말이 없어졌는지 알겠지? 전화해서 나에게 지랄하라고."

전쟁 통에 가장 귀한 것, 가장 비싼 것은 기름이기에 몰래 빼돌리는 일들이 꽤 잦았다. 그러나 유독 그가 관리하는 유류고에서는 도난 사고가 적었다. 이유는 위의 사건에서 알 수 있듯이 그가 노무자들을 같은 전우로 대해주면서, 도움이 필요하면 해결할 수 있는 선에서 여러모로 도와주었기 때문이다.

선생님이 드럼통에 대해 기억하는 또 하나의 에피소드가 있

한국전쟁 참전 후 수십 년이 지나
도둑질을 자백하는 딘 선생님의 미소.

다. 석유를 보관하는 드럼통에 한글로 무언가 쓰여 있길래 통역
관을 불러서 물어보았다.

"저기에 한국 노무자들에 대한 지시 사항이 적혀 있나요?"
"그럼요, 아주 중요한 것이 적혀 있죠. 불 나면 빨리 튀어."

딘 선생님은 한국으로 갈 몇 번의 기회가 있었지만 가지 않았
다. 텔레비전에 나오는 한국은 그의 기억 속 한국과 달리 너무
바뀌어 있었고 그는 좋았던 옛 기억을 파괴하고 싶지 않았던 것
이다.

선생님은 전쟁 후 기독교 단체를 통해 토네이도, 홍수 등 재
난이 벌어진 곳에서 봉사했다. 참전의 경험을 통해 스스로 도울
수 없는 사람들을 돕게 되었다고. 그는 무려 32년간 재난 작업
을 하며 관련된 책도 출판했다.

2020년 10월 19일 월요일 아침, 딘 선생님은 한마디를 남겼
다. 그리고 그날 저녁 세상을 떠났다.

"나는 좋은 싸움을 했고, 경주를 끝냈으며, 믿음을 지켰다."

도널드 휘터커
Donald J. Whitaker

전쟁도 결국 사람의 일

도널드 휘터커 선생님은 인터뷰를 시작하기도 전에 한 장의 사진을 꺼내 보여주었다.

"왼쪽이 나이고, 오른쪽이 내 아버지입니다."

그의 아버지 찰리는 2차 세계대전 참전용사였고, 한국전쟁이 발발하자 다시 소집되어 1950년 중반에 참전했다. 찰리는 서울에 있는 공군본부에서 근무했는데, 어느 여학교 건물을 본부로 썼다고 한다. 지금의 이화여자대학교로 추정된다.

도널드 선생님 또한 1951년 4월 미 해병대로 입대하여 비행장 유지 및 보수에 관한 교육을 받고, 1952년 5월 5일 한국에 도착하여 13개월가량 임무를 수행했다.

어느 날 갑자기 서울에서 아버지가 그가 있던 평택 기지에 찾아왔는데, 이유는 정확히 기억나지 않는다고 했다. 그때 사진을 찍고 나중에 신문 기사로 나온 것을 확인했다고.

Father, Son Meet In Korea

Two Akronites, a father and a son, were reunited in Korea recently. Surprised and happy, are Marine Sgt. Donald J. Whitaker (left) and his father, Air Force Lt. Col. Charles H. Whitaker. Donald is an aviation maintenance man with Marine Air Group 12. Col. Whitaker is operations officer of the 5th Air Force. Col. Whitaker's wife lives at 463 Noah av. 12·14·51.

도널드 선생님과 그의 아버지.

선생님은 나에게 혹시 테드 윌리엄스 선수를 아냐고 물었다. 난 그가 누군지 몰랐는데, 메이저리그 마지막 4할 타자이자 명예의 전당에 오른 인물이라고 한다.

테드는 2차 세계대전 중이던 1942년 5월 22일 야구선수 활동과 병행이 가능한 미 해군 예비역 병사로 입대했다. 그는 복무 중 항공 사관후보생 과정에 지원하여 조종훈련을 받았다. 훈련을 이수하고 미 해병대 예비역 소위로 임관하여, 해군 비행교육대에서 전투 조종사를 양성하는 임무를 맡았다.

그는 선수 생활의 절정이었던 24세에서 26세 사이에 군 생활과 선수 생활을 겸했고, 1년은 동원 소집되어 현역처럼 복무했다. 예비역 대위로 진급하고 14개월 뒤 다시 동원령이 떨어져 한국전쟁에 파병되었다.

테드는 지난 8년간 비행기를 몰아본 적이 전혀 없어서, 교관 노릇만 실컷 했을 뿐 실전 경험도 없는 예비역을 뭣 하러 데려가냐며 투덜댔다. 그러나 동원 소집되는 것이 여러모로 유리했기 때문에 결국 비행기를 직접 조종했다고.

1953년 2월 16일, 일상적인 비행장 보수를 마치고 젊은 아가씨와 대화하고 있던 도널드는 울려 퍼지는 사이렌 소리에 하늘을 바라보았다. 제트기 한 대가 빠른 속도로 다가오고 있었다. 기체는 총에 맞아 너덜너덜해진 상태였고 착륙을 시도했으나 항공기 바퀴가 보이지 않았다. 제트기는 바퀴도 없이 통제할 수 없는 상태로 활주로에 빠르게 미끄러져 내려갔다. 동체에서는 이미 화염과 연기가 치솟고 있었다. 가까스로 비행기가 멈춘 후, 조종사는 왼쪽 날개를 통해 빠져나오더니 활주로에서 사라졌다. 그 조종사가 바로 테드 윌리엄스였다.

그날 테드의 비행기는 평양에 폭격을 퍼붓고 오다가 대공포에 맞은 것이었다. 공중에서 비상탈출하라는 지시가 있었지만 테드는 거부했다. 탈출을 잘못했다가 무릎이 손상되어 다시는 야구를 못할 수도 있다는 생각이 들었기 때문이라고. 다행히 착륙한 그는 브레이크를 너무 세게 밟아 발목이 살짝 부은 것 외에는 상처 하나 없었다.

그런데 비행기에서 겨우 탈출한 테드에게 어떤 병사가 다가오더니 사인을 요청했다고 한다. 테드는 그때를 회상하며 이렇게 내뱉었다고.

"어떤 미친놈이…… 그 상황에서 사인해달라는 것이 믿어져?"

도널드 선생님이 비상착륙 하는 과정을 설명하고 있다.

한국전쟁 발발 60주년 기념 메달을 자랑스러워하는 도널드 선생님.

또 테드가 사랑하는 사람에게 보낸 편지가 발견되어 경매에 부쳐졌는데, 이렇게 써 있었다 한다.

"내 비행기에는 구멍이 나 있었지만 나는 사람들이 나를 위해 했던 모든 기도에 올라타 살 수 있었습니다. 나는 정말 운이 좋았습니다. 내 비행기는 추락할 때 지옥처럼 불타고 있었으니까요. 주변 사람들이 저를 행운아라 부르고 있습니다. 어쨌든, 나는 당신이 그리워요."

그는 총 서른아홉 번의 전투 임무를 수행했고, 휴전 후 다시 메이저리그로 복귀했다.

나는 선생님의 이야기를 들으며 폭소를 터트렸다. 전쟁에는 참혹함만 깃들어 있는 것이 아니었다. 농담도 사랑도 전쟁 속에서 살아 숨 쉬고 있었다. 전쟁도 결국 사람의 일이었다.

톰 파킨스
Tom Parkins

전쟁 같은 삶은 계속된다

한국전쟁 호주군 참전용사 톰 파킨스 선생님은 눈빛으로 많은 것들을 이야기하고 있었다.

2019년 9월 파킨스 선생님이 재향군인회 초청으로 방한했을 때, 영등포의 호텔에서 만나 그를 촬영했다. 계획에 없던 사진 촬영이었지만 재향군인회는 참전용사분들의 뜻을 존중하여 흔쾌히 허락했고, 호텔 매니저도 기꺼이 콘퍼런스 룸을 무상으로 제공해주었다.

호주 참전용사는 처음 만나 뵈었는데, 멋들어진 호주 군의 모자가 인상적이었다. 짧은 만남이라서 많은 이야기를 듣지는 못했지만, 페이스북으로 연결된 따님에게 부탁해 선생님의 이야기를 더 들을 수 있었다.

1933년 7월 3일 태생인 그는 아버지가 2차 세계대전에서 싸웠기 때문인지 전쟁에 대해 관심이 많았다. 17살 때 한국전쟁에 참전하려고 했으나 너무 어려서 다음 해까지 기다려야 했다.

그 당시 한국전쟁에 참전한 모든 호주군이 자원해서 입대한 사람들이었다. 그는 3개월간 훈련을 받은 뒤 1952년 3월 3일 한국에 도착했다. 한국으로 가는 도중에 19살 생일을 맞이한 그는 어쩌면 이것이 마지막 생일일지도 모른다는 생각을 했다고.

한국에 대해 무지했던 대부분의 전우와 달리 그는 2차 세계대전에 참전해 일본군에 포로로 잡혔던 삼촌 덕에 한국의 위치를 대략 알고 있었다. 그러나 한국은 상상 이상이었다. 그의 눈에 들어온 한국은 아무것도 없는 허허벌판이었다. 특히 서울에서 본 어느 한국 여인의 모습에 가장 가슴이 아팠다고 했다.

"그녀는 아기를 등에 업고 있었는데 아기가 죽었어. 그런데 그녀는 며칠째 아기를 찾아 돌아다녔지."

기관총 사수였던 그는 한국의 가혹한 환경에서 밤낮으로 공격해오는 중공군, 인민군 모두와 싸워야 했다. 겨울에는 영하 30도까지 떨어져 보이는 모든 것에 서리가 내렸고, 너무 추운 나머지 맨손으로 총을 잡으면 피부에 달라붙어서 떨어지지 않았다. 또 여름에는 38도 이상의 더위로 온몸이 땀과 먼지투성이가 되었고, 장마 기간에는 참호에 고인 물과 함께 생활해야 했다. 호주를 떠나올 때는 상상도 못했던 전투 환경이었다. 여기에 밤낮없이 쳐들어오는 적과 박격포 세례에 극도의 긴장감, 피로감을 느껴 불면증과 두통까지 얻었다. 전쟁은 여러모로 그를 시험했다.

1952년 7월, 그는 적의 공격에 거의 죽을 뻔했다. 타고 있던 트럭이 적의 포탄에 맞아 전복되어 그 밑에 깔린 것이었다. 정신을 차려보니 전우들이 달려와 트럭을 들어 올려 깔린 그를 빼냈지만 다리에 감각이 없었다. 그때 그는 다시는 걷지 못할 거라 생각했는데, 다행히 치료를 잘 받아 무사히 호주로 돌아갈 수 있었다. 선생님은 지금까지도 치료를 잘해준 인도 의료 연대에 감사해했다. 비록 다리는 잘 치료되었지만 여전히 PTSD로 고통받고 있다고 했다. 수많은 다른 전우들처럼.

"몇 년 동안 고생한 참전용사 둘을 알고 있다. 그들은 자살했다. 꽤 좋은 친구였다. 몇 명이나 이 고통에 시달리는지 누가 알겠는가."

19세 때 참전한 선생님은 대한민국이 얼마나 가난했는지, 한

국 국민이 얼마나 고통받았는지 기억하고 있었다. 그래서 다시 한국을 방문했을 때 놀라움을 감추지 못했다고. 또 유엔 참전국의 도움이 없었다면 이런 경제적 성장을 이룩하지 못했을 것이라고 말하는 한국인을 만날 때마다 그들의 겸손함에 고마움을 느낀다고 했다.

요즘은 선생님이 언급한 이러한 감사와 겸손을 느끼기 쉽지 않다. 한국이 분단국가라는 사실 자체를 잊어버린 것처럼 보이기도 한다. 참전용사들은 그렇게 갈수록 소외받는다.

더 많은 역사를 기억하기 위해 이 프로젝트를 시작했지만, 죄책감이 들 때가 참 많다. 그럴 때마다 나의 미안함보다는 그들의 용감함, 감사함을 사진에 담기 위해 노력한다. 참전용사들의 진정한 마음이 얼룩지지 않도록.

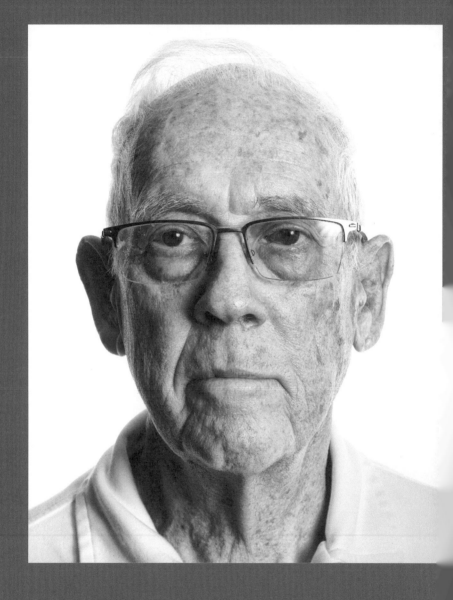

프랭크 토마스
Frank Thomas

잇지 못할 전우를 찾아서

프랭크 토마스 선생님은 1930년 일리노이 태생으로 한국전
쟁에 징집되어 1953년 6월 12일 인천에 도착했다.

인천에 도착하고 이틀 뒤, 그는 부대 배치를 위해 춘천으로
향하는 기차에 탔다. 기차에 오를 당시 몸이 좋지 않았는데, 춘
천에 도착하자마자 군의관이 따로 부르더니 한국형 출혈열이
의심되니 다른 전우들과 격리해야 한다고 했다. 그러면서 그가
이 병으로 죽을 확률이 15퍼센트라고 이야기했다. 감기 정도로
만 알고 있었는데, 막상 격리되자 심한 두통과 몸살, 복통, 구토
증상이 왔다. 눈의 핏줄이 터지고, 부딪히지도 않았는데 멍이
들었다. '이렇게 죽는 건가.' 생각했는데 일주일쯤 지나서 나오
지 않았던 소변을 조금씩 보기 시작하더니 3~4일 뒤 아무렇지
도 않게 회복됐다. 나중에 알아보니 한타바이러스였다고.

병에서 회복된 그는 7월 20일쯤 전방에 투입되었다. 정전 협
정을 맺기 7일 전이었지만 인민군의 박격포 공격은 계속됐다.
조금이라도 땅을 더 차지하기 위함이었다. 공격이 멈춘 밤 피탄

한국 유엔 봉사단의 초등학교 학생들이 보낸 편지를 전달받은 모습.

지를 정리하라는 명령과 함께 그는 2명의 한국군을 포함한 미군 병사들과 지형 정찰을 나갔다.

해가 뜨기 시작하자 그들은 자신들이 지뢰밭에 서 있다는 사실을 깨달았다. 한 발 한 발 조심스레 발을 내딛으며 이동해서, 그곳을 벗어나는 데 무려 8시간이나 걸렸다. 선생님은 진땀을 흘렸던 당시를 회상하며 이렇게 말했다.

"아마 그때 지뢰를 밟고 죽었더라면 시체도 못 찾았을 거야."

1953년 7월 27일 22시, 3년 반 동안의 길고 길었던 한국전쟁이 멈췄다. 그는 한국전쟁에 참전했지만, 한 번도 방아쇠를 당기지 않았다. 북한군의 박격포 사격을 피하기 위해 참호에 있었고, 막상 적이 쳐들어온다고 예고되었던 밤에는 잠잠했기 때문이다. 그래서 그즈음에는 박격포병을 제외하고는 누구도 공격을 할 기회가 없었다. 선생님은 씩 웃으며 입을 열었다.

"전쟁이 끝나기 전 한 발이라도 쏴야 했나."

그 후 그는 전투 임무에서 벗어났지만 전선에서 6개월을 더 보내야 했다. 전후 복구 작업과 함께 DMZ를 설치해야 했기 때문이다. 8개월 동안 자원해서 장군들 밑에서 근무하다가, 1954년 10월 미국으로 돌아갔다.

선생님은 당시 함께 근무하며 친하게 지냈던 카투사 백두대 씨를 20년이 지난 뒤 문득 다시 찾고 싶었던 적이 있었다고. 그래서 선생님은 대학에서 강의를 듣던 한국 소녀에게 백두대 씨를 찾는 글을 한국어로 번역해달라고 부탁했고, 매년 여름 방콕으로 영어를 가르치러 가는 길에 한국에 들렀다.

백두대가 대구 출신인 것을 기억해서 바로 대구의 한 호텔에 머물렀다. 그리고 프런트 데스크에 근무하는 직원에게 대구에서 가장 큰 신문사를 물어본 뒤, 그곳을 찾아가서 그를 찾는다는 신문 광고를 크게 냈다. 2~3일을 기다렸지만 아무 소식을 못 들은 선생님은 실망하며 서울로 올라갔다.

그런데 다음날 방으로 한 통의 전화가 걸려왔다. 로비에서 어느 숙녀분이 기다리고 있다고 했다. 그녀는 광고를 보고 국군 수도병원과 대구의 외과 전문의들에게 조사를 의뢰했고, 의사 중 하나가 토마스 선생님과 함께 일했던 한국군 장군과 연이 있었다. 그 장군의 도움으로 백두대 씨를 간신히 찾았으나 간발의

차이로 신문에 광고가 실렸던 다음 날 사망했다고 했다. 며칠 뒤 선생님은 백두대 씨의 유가족들을 만나서 사진으로나마 그를 만날 수 있었다.

카투사 출신의 백두대는 절름발이였다. 1945년 한국이 광복을 맞았을 때 그는 13살이었다. 광복 전의 어느 날 일본군이 가솔린을 구하기 위해 백두대의 학교에 쳐들어왔다. 그러고는 학생들에게 산에 올라가 나무를 베어오라고 시켰다. 대다수의 학생들이 도망을 갔고, 일본군은 도망간 몇몇 학생들을 잡아와 한 줄로 서게 한 뒤 절반은 총살했고, 나머지 절반은 발을 쏘아 절름발이로 만들었다. 그때 절름발이가 된 사람 중 한 명이 백두대였다.

1950년 전쟁이 났을 때 영어를 잘했던 그는 자원해서 통역병으로 참전했다. 대한민국이 다시는 식민지가 되지 않고 자유민주주의 국가가 되기를 희망하면서. 토마스 선생님은 백두대와 같은 국군들이 없었다면 지금의 한국은 없었을 것이라고 했다. 유엔군과 미군이 열심히 활약했지만, 결국 누구보다 목숨 걸고 한국을 지킨 존재들은 한국 국민과 군인이라고 했다.

마지막으로 마음속에 품고만 있던 소중한 이야기를 같이 나

눌 한국 사람이 있어 감사하고, 운이 좋다고 말하며 인터뷰를
마쳤다.

참전용사들은 함께 생사를 넘나들던 전우들을 기억할, 의무
의 모양을 띤 권리를 부여받았다. 그들은 전우들을 평생 잊을
수 없는 필연에 묶이거나, 잊지 않겠다는 의무감에 빠질 것이
다. 그러나 괴롭기만 하지는 않을 것 같다. 이따금씩 추억을 떠
올리며 고마움과 그리움에 빠지게 하는 사람을 만나는 건 참 어
려운 일이고, 그러고 싶은 사람들이 세상에는 참 많으니까.

정갑세

새로운 역사를 찾아 나선다

SBS 〈나이트 라인〉 생방송에 출연한 후 받은 메시지이다.

늦은 시간 대단히 죄송합니다.

우연히 작가님을 뉴스에서 봤습니다.

저희 아버님께서는 몇 분 남아 있지 않은 6·25 참전용사이시며 을지 무공훈장, 유엔으로부터 동성훈장을 받았습니다.

세브란스병원에서 항암치료 및 표적치료를 시도했으나 결국 암을 이기지 못해, 어제 호스피스 병동을 알아보라는 의사 선생님의 의견을 들었습니다.

저녁 내내 가슴 조이다가 SBS 뉴스를 접했습니다.

무례하지만 자식된 입장에서 작가님께 저희 아버님 사진을 부탁드릴 수는 없을까요?

짧게는 2개월, 길게는 약 6개월이라는 시한부 판정을 받았습니다.

어느 누가 이런 부탁을 듣고 거절할 수 있을까? 잽싸게 강원도 원주로 그분을 만나러 갔다.

한 걸음만 더, 한 걸음만 더…….

인민군복을 입은 한 한국인이 중공군의 군복을 입은 미군을 업고 언덕을 오른다. 가쁜 숨을 몰아쉬지만, 저 언덕만 넘어가면 된다는 기대와 함께 걸어간다. 포탄을 맞은 것인지 움푹 파진 구덩이에 탱크 하나가 빠져 있다. 그 옆을 돌아가며 언덕을 넘는데, 저 멀리 또 다른 전차 하나가 보인다. 언덕 위에 사람들의 실루엣이 보이며, 바람에 깃발이 휘날린다. 자세히 보니 유엔군 깃발이다.

살았다…….

등에 업고 있는 미군에게 "유엔, 유엔……." 하고 말하니 그 미군이 "유엔 넘버 원, 유에스 아미 넘버 원!"이라 소리치며 눈물을 질질 짠다. 산 위에서 지켜보던 사람들이 뛰어 내려와 그 둘을 부축한다. 그 순간 힘이 빠져 육군 3사단 상사 정갑세는 그대로 주저앉고 만다. 그렇게 필사적인 탈출에 성공했다.

육군 3사단 통신 중대에서 근무하던 정갑세 선생님은 특수 임무를 받고 적 전방으로 침투했다. 그러나 곧 중공군의 포로가 되어 포로수용소에 갇히고 말았다. 운이 좋게 감시를 피해 한 달 만에 탈출했고, 도중에 길가에 버려진 인민군 솜옷을 껴입으며 몸을 숨긴 채 남쪽으로 내려갔다. 산길로 이동하며, 쉴 때는 민가에 몸을 숨겼다.

그러다 길가에 쓰러진 미군 하나를 발견했다. 그 당시 어디든 전사자가 많아서 그냥 지나가려는 찰나, 그 미군이 빨간 종이를 쥔 손을 들었다. 가까이 다가가 살펴보니 한글, 영어, 한문으로 각각 작성되어 있는 귀순증이었다.

그는 중공군의 포로가 되었다가 간신히 탈출한 본인의 팔자도 서러운데, 남의 나라를 구하기 위해 온 외국 군인이 도움을 요청하는 모습을 보고 있자니 그대로 갈 수가 없었다.

귀순증을 받아들고 부상이 심해 하체를 움직일 수 없는 미군을 업었다. 얼마나 굶었는지 몸이 매우 가벼웠다. 보통은 적의 눈을 피해 산으로 다니며 남쪽으로 가야 하지만, 누군가를 등에 업고 산길을 다닐 수 없어서 큰길을 따라 내려갔다.

한 이틀쯤 걸었을까. 어디선가 권총을 쏘는 소리가 들렸다. 정신을 차리고 둘러보니 중공군 장교 무리가 있었다. 어느새 중공군 최전방 방어선에 다다랐던 것이다.

죽을 수도 있는 상황이었지만, 미군은 배가 고팠는지 쩝쩝 소리를 내며 먹을 것을 구걸했다. 정 상사는 그 모습이 불쌍해보여서 한문으로 중공군에게 식食이라는 한자를 써서 보여주었다.

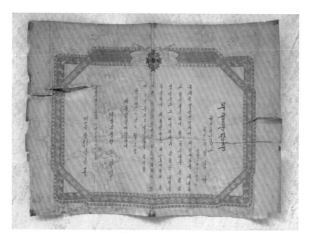

을지 무공훈장증.

그랬더니 글을 읽을 수 있는 장교가 하늘을 가리키며 비행기가 지나가면 주겠다고 했다.

미군 전투기가 지나간 후, 장교는 정말로 어디선가 구해온 미숫가루를 주었다. 이때 선생님은 손으로 받았는데, 미군은 주머니에 있던 종이를 꺼내 받았다. 그런데 때마침 바람이 불어 종이와 미숫가루가 날아가 버렸고, 화가 난 중공군 장교는 미군의 머리에 권총을 겨누었다.

미군을 쏘고 나면 나도 죽이겠다는 생각에 정 선생님은 손발이 닳도록 빌며, 미군에게 땅에 떨어진 미숫가루를 혀로 핥아먹으라는 시늉을 보여주었다. 다행히 눈치 빠른 미군이 그렇게 했고, 중공군은 권총을 거두며 무언가를 그들에게 요청했다. 따뜻한 미군 동계 전투복이었다. 생명의 위협을 느끼며 중공군 장교와 미군은 서로 옷을 바꿔 입었다.

그 자리를 간신히 떠나 해금강을 건너던 그들은 반대쪽에서 넘어오던 중공군 수색대를 마주쳐 다시 끌려온다. 수색대 장교는 우리가 강을 건너온 후에는 아무도 못 건너가니 내일 갈 수 있다고 말해주었다. 그렇게 선생님과 미군은 다리 옆에 있는 움막에서 자게 되었는데, 미군이 추위에 떨고 있으니 서로 껴안아서 체온으로 버텼다. 목욕을 오랫동안 못해서 냄새가 코를 찔렀지만, 추위에는 어쩔 수 없었다. 다음날 중공군 수색대와 함께 강을 건넌 후 갈림길에서 헤어졌다. 그렇게 고생한 끝에 미 해병대에게 발견되어 구출된 것이었다.

그들은 야전병원으로 곧장 실려갔다. 병원에 도착하자마자 보급받은 통조림을 4개나 해치웠다. 구출한 미군 역시 치료를 받으며 병원에서 머물렀고 배가 부르자 통역병에게 미군을 발견한 이야기와 탈출 과정을 설명했다.

그러다가 우연히 3사단 운영대대의 표식을 그린 차량을 발견했다. 환자복 차림으로 뛰어가 3사단의 위치를 물으니, 전방 관측소는 40리, 후방 지휘소는 10리 떨어진 곳에 있다고 했다. 그 말을 듣고 쓰레기장으로 달려가 원래 입던 군복을 뒤져서 찾아 입었다. 병원 밖으로 나가려는데 구해줬던 미군이 목발을 짚고 오면서 황급히 그를 불렀다. 서로 의사소통이 되진 않았지만, 마지막이라는 것을 직감한 미군은 울면서 손에 끼고 있던 빨간 보석이 박힌 반지를 주었다. 그렇게 작별 인사를 했다.

그는 1시간 정도 걸어 중대본부에 도착해 신고했다. 중대장은 그가 복귀할 것이라 믿었기에 실종 신고도 하지 않았다고.

방위포장증과 국가유공자증.

당시에는 전쟁 중이라 실종 신고를 한 아군이 돌아오면 적에 포섭되었다고 의심을 받았기에 사단본부 정무과에서 조사를 받아야 했다. 다행히 선생님에게는 취사장의 업무를 보조하며 시간을 보내라는 중대장의 명령이 떨어졌다.

며칠 뒤 사단장실의 호출에 찾아가니, 미군 수석 고문과 장성들이 있었다. 너무 놀라 무릎을 꿇으니 일어나 야전 침대에 앉게 했다.

사단장이 적의 포로가 된 적이 있냐고 묻자 거짓말을 할 수 없었던 그는 작전 중에 포로가 된 일을 사실대로 보고했다. 그러자 사단장은 그 이야기는 됐고, 혹시 미군을 발견해 업고 왔는지 물었다. 그 과정 역시 상세히 설명하자, 이야기를 들은 미군 수석 고문은 선생님이 구출의 주인공이 맞음을 확인해주었다. 이후 사단에서 을지 무공훈장을 추천했으니 곧 좋은 소식이 올 것이라고 했다.

그러나 국군 측에서 미군을 살린 일이라 우리나라와는 관계가 없어 훈장은 어렵고, 다만 사람을 살린 일이니 방위 표창장이란 것을 주었다. 즉 퇴짜를 맞은 것이다. 이 이야기를 들은 미군 수석 고문은 미국 측에서 훈장을 수여할 것을 추천했다.

10일 뒤 또다시 사단장실에 불려가니, 군악대가 북적북적 연주를 하고 있었다. 무슨 행사가 있나 했더니, 정갑세 상사의 미군 동성훈장 수여식이었다.

동성훈장은 영웅적인 업적, 봉사, 공로 또는 전투지역에서 칭찬할 만한 공훈을 달성했을 때 수여되는 미국의 훈장이다. 유명한 작가 어니스트 헤밍웨이 또한 종군기자 활동으로 동성훈장을 수여했다.

이후 제대할 때 육군 통신학교 인사계에서 을지 무공훈장을 다시 추천하여 1954년 6월 25일 기념 행사에서 이승만 대통령에게 직접 훈장을 하사받았다.

선생님은 남은 삶을 살며 그때 그 미군의 이름이라도 아는 것이 소원이라고 하셨다. 비록 여러 가지 상처와 아픔을 남기고 간 한국전쟁이었지만, 그 미군을 구한 것만큼은 지금까지도 참 잘한 일이라며 흐뭇하게 생각하셨다.

나는 이 프로젝트를 언제쯤 마칠 수 있을까. 아직도 숱하게 남아 있을 한국전쟁 참전용사분들을 모두 찾아뵈어 사진으로 기록할 수 있을까? 비록 완수하겠다고 장담은 못하지만, 힘닿는

정갑세 선생님 가족사진.

데까지 해야겠다는 다짐은 나날이 커지고 있다. 서로 닮아 있는 듯하면서도 다른 용사분들의 이야기는 하나하나가 커다란 사건이고 역사이다. 누군가의 인생을 송두리째 뒤바꿨던 그 역사들이 차곡차곡 쌓여 기억된다면, 인류의 발걸음을 올바른 방향으로 바꿔내리라 믿어 의심치 않는다.

그렇기에 나는 오늘도, 카메라를 들고 새로운 역사를 찾아 나선다.

69년 전에 이미 지불하셨습니다

1판 1쇄 발행 2021년 6월 9일
1판 2쇄 발행 2021년 6월 25일

지 은 이   라미 현
펴 낸 이   신혜경
펴 낸 곳   마음의숲

대   표   권대웅
편집주간   박현종
책임편집   채수희
디 자 인   임정현 박기연
마 케 팅   노근수 김혜원

출판등록   2006년 8월 1일(제2006-000159호)
주   소   서울시 마포구 와우산로30길 36 마음의숲빌딩(창전동 6-32)
전   화   (02) 322-3164~5 팩스 (02) 322-3166
이 메 일   maumsup@naver.com
인스타그램   @maumsup
용지 (주)타라유통 인쇄·제본 (주)에이치이피

ⓒ라미 현, 2021
ISBN 979-11-6285-081-7 (03810)